es 1322

edition suhrkamp

Neue Folge Band 322

W0353957

Nur langsam beginnt man in der Bundesrepublik Deutschland, die chinesische Literatur in ihrer Funktion und Bedeutung wahrzunehmen. Dabei konzentrierte sich die Aufmerksamkeit, zumindest für das »moderne« China seit 1919, vor allem auf Erzählung und Dramatik. Die chinesische Literatur ist jedoch berühmt für ihre Lyrik. Hätte es seit der Jahrhundertwende keine Wiederentdeckung und Neubewertung der umgangssprachlichen Formen von Erzählkunst und Singspiel gegeben, so hätte sich von der chinesischen Literatur als einer Geschichte der Dichtkunst sprechen lassen. Aufgrund dieser langen Tradition mußte sich die neue Lyrik, die sich mit dem ausgehenden 19. Jahrhundert unter dem Einfluß des Westens und einer Neubewertung der klassischen Tradition zu entwickeln begann, gegen mehr als zweieinhalb Jahrtausende national und international anerkannter Poesie durchsetzen. Die Auswahl moderner chinesischer Lyrik, die hier zum ersten Mal in deutscher Sprache vorgelegt wird, versucht, diesen Prozeß zu dokumentieren.

Wolfgang Kubin lehrt als Privatdozent für Sinologie am Ostasiatischen Seminar der Freien Universität Berlin chinesische Literatur und Sprache.

Nachrichten von der Hauptstadt der Sonne
Moderne chinesische Lyrik 1919-1984

Herausgegeben
und aus dem Chinesischen übersetzt
von Wolfgang Kubin

Suhrkamp

edition suhrkamp 1322
Neue Folge Band 322
Erste Auflage 1985
© der deutschen Übersetzung
Suhrkamp Verlag Frankfurt am Main 1985
Erstausgabe
Alle Rechte vorbehalten,
insbesondere das des öffentlichen Vortrags
sowie der Übertragung durch Rundfunk und Fernsehen,
auch einzelner Teile.
Satz: LibroSatz, Kriftel
Druck: Nomos Verlagsgesellschaft, Baden-Baden
Umschlagentwurf: Willy Fleckhaus
Printed in Germany

1 2 3 4 5 6 – 90 89 88 87 86 85

Inhalt

DAS GELIEHENE ICH
CHINAS SUCHE NACH DER VERLORENEN POETISCHEN FORM*

Die chinesische Literatur ist berühmt für ihre Lyrik. Weit mehr als tausend Jahre war das *shi*-Gedicht *das* literarische Ausdrucksmittel des chinesischen Beamten-Literaten. Andere literarische Ausdrucksformen wie Erzählung, Singspiel oder Roman, die durchaus auch von einem Beamten-Literaten verfaßt sein konnten, galten dagegen aufgrund der verwendeten Umgangssprache (baihua) als zweitrangig. Hätte es also seit der Jahrhundertwende keine Wiederentdeckung und Neubewertung besagter Gattungen gegeben, so hätte von der chinesischen Literatur als einer Geschichte der Dichtkunst gesprochen werden müssen, einer Geschichte, die bereits 700 v. Chr. mit dem *Buch der Lieder* (Shijing) einsetzt und im 3. Jahrhundert von den *Liedern des Südens* (Chuci) fortgeführt wird. Beide Werke sind nicht nur erste Höhepunkte der chinesischen Literatur, sondern aus heutiger Sicht auch der Weltliteratur zuzurechnen. Bis in dieses Jahrhundert hinein haben sie nichts von ihrer poetischen Kraft und Wirkung eingebüßt. Obwohl das erste halbe Jahrhundert n. Chr. ebenfalls großartige Dichtkunst hervorgebracht hat, das *Prosagedicht* (fu), das *archaische Lied* (yuefu), die Dichter Xie Lingyun (385 bis 433) und Tao Yuanming (365-427), so schafft doch erst die Tang-Zeit (618-906) mit der meisterhaften Poetisierung der Außenwelt (jing) als Innenwelt (qing) und dem streng geregelten Versmaß die vollendete Form des *klassischen Gedichtes* (shi). Der Tang-Lyrik ebenbürtig sollte im folgenden Jahrtausend nur noch das *klassische Lied* (ci) der Song-Zeit (960-1279) werden, so daß das Tang-Gedicht (Tangshi) und das Song-Lied (Songci) bis heute – auch über China hinaus – den Charakter vorbildlicher Poesie nicht verloren haben.

Die *neue Lyrik* (xinshi), die sich mit dem ausgehenden 19. Jahrhundert unter dem Einfluß des Westens und durch eine Neubewertung der klassischen Tradition und umgangssprachlichen Literatur zu entwickeln begann, hatte sich also gegen mehr als zweieinhalb Jahrtausende national und international anerkannter Poesie durchzusetzen. Dieser Prozeß kann heute, nach bald einem Jahrhundert, noch nicht als abgeschlossen gelten. Auch wenn die *Schule der Obskurantisten* (Menglongshipai) sich stolz als der eigentliche Vollender der neuen Lyrik versteht[1], so ist doch gerade das *Obskure Gedicht* (menglongshi) am Ende der siebziger und zu Beginn der achtziger Jahre die von der offiziellen Kulturpolitik der VR China am heftigsten bekämpfte literarische Erscheinungsform seit der Liberalisierung im Oktober 1976. Insofern ist das *neue Gedicht* allgemein gesehen immer noch das »mißratene Kind«, von dem David Y. Chen spricht.[2]

Den Beginn der *literarischen Revolution* (wenxue geming) im Bereich der Dichtkunst muß man nach ersten Lösungsversuchen von der Tradition (neue Thematik, neue Wortwahl, Sprengung der traditionellen poetischen Formen) Ende des letzten Jahrhunderts – hier ist besonders Huang Zunxian (1848-1905) und seine Forderung »Ich schreibe, wie ich spreche« (wo shou xie wo kou) zu nennen – mit Hu Shi (1891-1962) ansetzen. Dessen *Acht-Punkte-Programm* (babuzhuyi, wörtl. *Die Acht Nein)* von 1916/17 verlangt – wohl unter dem Einfluß von Ezra Pounds *A Few Dont's* (1913) und Amy Lowells Forderung nach *common speech* und *poetry in the syntax of prose* (1915)[3] – die vollkommene Befreiung von der Tradition und den inhaltlich wie grammatisch klaren Ausdruck, welcher der Wahrheit, nicht der Pose (Simulierung von Schmerz z. B.) verpflichtet ist und in der Umgangssprache gründet.[4] Auch wenn Hu Shi manchen als »Vater der modernen chinesischen Lyrik«[5] gilt, so sind seine 1920 publizierten *Poetischen Experimente* (Changshiji) mit ihrem »Gemisch aus klassischen Versformen und moderner Prosastruktur«[6] wenig geglückt. Lediglich die unter dem Einfluß von Rabindranath Tagore (1861-1941) entstandenen Kurzgedichte der Bing Xin aus dieser Zeit können als gelungene Verkörperungen des *freien Gedichtes* (ziyoushi) angesehen werden, wie es das *Acht-Punkte-Programm* intendiert hatte. Dem Problem der Form des *neuen Gedichts*, das als freier Vers von Prosa oft kaum unterscheidbar war und daher ebensogut mitunter als Prosatext hätte gezeilt werden können, wie z. B. Lu Xuns *Prosagedichte* (sanwenshi) der *Wilden Gräser*, widmen sich die beiden wichtigsten Vertreter der *Neumondgesellschaft* (Xinyuepai) Wen Yiduo und Xu Zhimo. Gegen die Praxis des freien Verses stellte Wen Yiduo in seiner *Versschule* (Shi de gelü) von 1926 die Forderung nach einer neuen Form, die durch ihre visuelle und klangliche Struktur die Gestaltlosigkeit des *neuen Gedichtes* beendete. Wichtig für die *Poesie der Form* (gelüshi) seien »der harmonische Rhythmus, die klare Stropheneinteilung, die Skandierung und der Reim«.[7] Als vollendetes Beispiel für diese Forderung und als Vorbild für das *neue Gedicht* ist *Totes Gewässer* (s. S. 65) in die Geschichte der modernen chinesischen Lyrik eingegangen.[8] Mit seinem metrischen Maß von drei Zweierfüßen und einem Dreierfuß im Chinesischen, mit seinem Reim a b c b und mit seiner klaren Gliederung in vier Strophen à vier Verse plus Zeilenschluß stellt es, nicht zuletzt aufgrund seines synästhetischen Charakters[9], eine kompakte formale Einheit dar, die dem Fluß der chinesischen Sprache entgegenkommt.

Eine erfolgreiche Sinisierung westlicher Formen läßt sich für Xu Zhimo[10] und weiter auch für Feng Zhi, der ebenfalls (wie Wen Yiduo und Xu Zhimo) zu den Formalisten zählt, konstatieren. Berühmt ist Xu Zhimos Limerick *Zufällig* (s. S. 46), der nicht nur in den dreißiger Jahren – vertont – eine Art Gassenhauer darstellte, sondern auch heute noch auf Taiwan viel gesungen wird. Der ungeheuren Beliebtheit seines Verfassers, vor allem vor 1949, tat die vielfache Verwendung des für chinesische Leser ungewöhnlichen Enjambements (es kommt in der klassischen Lyrik nur ausnahmsweise, etwa bei Han Yu, 768-824, vor) ebensowenig Abbruch wie der gleichzeitige Gebrauch von Umgangssprache und klassischen Wendungen.[11] Zu den vollendetsten Beispielen moderner chinesischer Lyrik im Gewand westlicher Form sind Feng Zhis Sonette zu rechnen. Zwar hat bereits Dai Wangshu um 1927 die bis dahin in China fremde Sonett-Form eingeführt, doch erst Feng Zhi hat diese mittels einer flexiblen Sprachgestaltung als Möglichkeit chinesischer Lyrik erwiesen. Vielleicht kam diesem Unternehmen zugute, daß diese Sonette zwar überwiegend unter dem Einfluß Rilkes stehen, aber gleichzeitig einen starken Einfluß von Lu Xuns Philosophie des Weges (s. die Erzählung *Meine Heimat*) zu erkennen geben.[12]

Es war jedoch nicht nur der formale Aspekt, der das *neue Gedicht* als »mißratenes Kind« erscheinen ließ, sondern auch die inhaltliche Seite. Hier müssen der Doppelcharakter der 4.-Mai-Bewegung von 1919 und die Ambivalenz des neuen Selbstbewußtseins erwähnt werden. Ba Jin (geb. 1904) hat in seinem Roman *Die Familie*

(1931) am anschaulichsten und auch optimistischsten den Aufbruch der chinesischen Jugend am Ende des ersten Jahrzehnts unseres Jahrhunderts gezeigt. Mit dem Zerbrechen der traditionellen Bande von Familie und Gesellschaft erfuhr sich der Mensch in dieser Zeit zum ersten Mal als Person im modernen Sinne, d. h. als ein autonomes Ich. Guo Moruos Gedichte *Himmelshund* (s. S. 35) und *Ich bin ein Bilderverehrer* (s. S. 38) sind nicht nur bemerkenswert als Feier dieses neuen Ich, sondern auch weil noch nie zuvor ein chinesischer Dichter so oft Ich gesagt und sich damit als autonom gesetzt hat. Die traditionelle chinesische Lyrik kennzeichnet ja gerade aufgrund des konfuzianischen, daoistischen und buddhistischen Einflusses (alle drei Lehren legten dem Menschen nahe, sein Selbst in Familie/Staat, Kosmos oder Buddha aufzuheben) das Verschwinden des Ich hinter oder in den Dingen. Die Befreiung, die Guo Moruo stellvertretend für sein Zeitalter durch Walt Whitmans *Leaves of Grass* erfährt[13], und der Einfluß Goethes, Lord Byrons und des deutschen Expressionismus führen in den *Göttinnen* zu einem ekstatischen Preisgesang des dynamischen Ich, das sein Vorbild u. a. in Prometheus und Faust hat.

Guo Moruo war es später selbst vorbehalten, das »splitternackte Ich« aus dem *Prolog* zu den *Göttinnen* (s. S. 34) als Rhetorik zu entlarven und damit auf die andere Seite des neuen Ich hinzuweisen, die Ba Jin undiskutiert läßt. Der Verfasser der *Familie* sieht nur den Aufbruch, er vermag selbst mehr als ein Jahrzehnt nach der 4.-Mai-Bewegung, als aus der Rückschau der Roman entsteht, nicht zu sagen, *wohin* denn der Aufbruch ging. Der von der Tradition zu sich befreite Mensch bedurfte eines neuen Ortes, wollte er nicht seine Energie in der Welt der reinen Vorstellung einbüßen. Doch in dem Maße, wie sich aufgrund der real existierenden politischen und sozialen Gegebenheiten Ideale nicht individuell realisieren ließen, geriet das Ich in die Gefangenschaft seiner selbst, d. h., es konnte sich nicht mehr gesellschaftlich vermitteln und war schmerzvoll auf sich selbst zurückgeworfen. Zwar kann das lyrische Werk des Xu Zhimo als Ausdruck des sich über Werther definierenden und in seinem Leid befangenen Ich angesehen werden, doch der eigentliche Ort für die kritische Auseinandersetzung mit dem von Handlungshemmung und Melancholie gezeichneten Selbst findet in der Erzählkunst der Subjektivisten statt: Yu Dafu (1896-1945) begreift das moderne (männliche) Selbst als Pose, und Ding Ling (geb. 1904) sieht das moderne (weibliche) Selbst als Schwächung des Willens durch die Gefühlswelt. Die »Krankheit zum Tode« war das dominierende Thema der zwanziger und dreißiger Jahre, das auch in der Lyrik von Xu Zhimo und Wen Yiduo und vielleicht noch in der Lebens- *und* Todesbereitschaft von Feng Zhis Sonetten mitschwingt.

Die Krise des modernen Ich führt zu einer Krise der Literatur. (Wen Yiduo: *Stille Nacht*, s. S. 68; He Qifang: *Das letzte Geleit*, s. S. 144, hier ist explizit von der »Grablegung des Selbst« die Rede!; Lu Xun: *Wilde Gräser, Vorwort,* s. S. 75; Zang Kejia: *Der Schrei des Lebens*, s. S. 149). Diese Krise sucht die Intelligenz in den dreißiger Jahren durch eine Abkehr von jeglichem Ästhetizismus und eine Politisierung, Radikalisierung der Literatur zu überwinden. In der Folge verstummen die um lyrische Schönheit und Wahrheit ringenden Dichter, um später mit mehr oder minder sozialkritischen Gedichten wieder an die Öffentlichkeit zu treten. Sehr gute Beispiele dafür sind Dai Wangshu, der wichtigste chinesische Vertreter der *Modernistischen Schule* (Xiandaipai),

und He Qifang, der ebenso wie Xu Zhimo und Wen Yiduo unter dem starken Einfluß der englischen Romantik (Keats, Shelley) zu schreiben begann.
Mao Zedongs Plädoyer für die Erneuerung der modernen Literatur ist damit durch die Intelligenz selbst bereits vorbereitet. Gleichwohl stößt seine Forderung, das Formproblem durch die Rückkehr zur Volkstradition zu lösen und mit der Übernahme einer dem Volke vertrauten Sprache sich auch eine neue geistige, sprich (tages)-politische Richtung zu geben, 1942 in Yan'an nicht nur auf Zustimmung. Die Rückbindung an die Volkstradition bedeutet den Abschied nicht nur vom leidenden Selbst, sondern auch vom modernen kritischen Ich, das sich literarisch autonom äußert, und den Rückfall in die feudalistische *communis opinio*, die den Lyriker z. B. zum Hofpoeten degradiert. Und in der Tat hatten die nach 1949 gegen Hu Feng (1955) und Ding Ling (1957) ins Leben gerufenen Kampagnen ebenso wie die Kritik an der Hundert-Blumen-Phase (1957) das Ziel, den letzten Äußerungen eines autonomen Selbst die Basis zu entziehen. Bereits in den vierziger Jahren führt die Auslöschung des Ich zu einer Verflachung der chinesischen Dichtkunst. Besonders deutlich wird das am Beispiel von He Qifang und Zang Kejia, die ihre unter dem Einfluß des Westens erlangte poetische Ausdruckskraft zugunsten (tages)politischer Poeme aufgeben. Auch Ai Qing, einer der namhaftesten Dichter Chinas in diesem Jahrhundert, der immer das Lob der KPCh gesungen hat und nur dort sein poetisches Talent aufblitzen ließ, wo in schlichter Sprache die Eintönigkeit des Nordens beschrieben wurde, sieht sich gezwungen, von seiner in den dreißiger Jahren ganz der Not des Volkes gewidmeten Lyrik Abstand zu nehmen und sich noch eindeutiger auf die Seite der Partei(propaganda) zu schlagen. Seine

Lyrik, auch in den dreißiger Jahren schon an der Grenze des Lyrischen (sein Langgedicht *Mein Vater* liest sich fast wie ein Prosatext, die Zeilung in Verse wirkt willkürlich), kommt nicht nur nach 1942, sondern auch nach 1979 (des Dichters Rückkehr aus zwanzigjähriger Verbannung) nie über das Vordergründige hinaus. Daß Ai Qing nur sagt, was er sagt (A = A), und das in einer leicht lesbaren, leichtverständlichen Form, mag der Grund für seine Popularität sein.

Der Grund für den Mangel an guten Gedichten zwischen 1949 und 1979 (mit der Ausnahme einiger neuer *Volkslieder* und der Poesie von Mao Zedong, der sich nicht unter das Diktat der Volkstradition begab, sondern sich gleich den klassischen Versformen zuwandte) liegt nicht nur in der Ersetzung des lyrischen Ich durch ein kollektives (Partei-)Wir, das vorgab, im Namen *aller* Chinesen und *jeder* Generation zu sprechen, sondern auch in der voreiligen und verordneten Lösung des Formproblems *neuer Dichtkunst*. Die Losung hieß *Klassik plus Volkslied* (gudian jia minge) und hatte eine Bildwelt, ein Vokabular, einen Aufbau zur Folge, die sich leicht mit dem *Buch der Lieder* und der Tang-Lyrik in Zusammenhang bringen lassen. Neu war hier lediglich der »neue« Geist, der den Menschen als Herrn seiner Geschichte und die Partei als Verwalterin dieser Geschichte pries. He Jingzhi (geb. 1924) ist u. a. mit seinen unzähligen »Ahs« und »Ohs« ein beredtes Beispiel für die affirmative Rolle der Lyrik nach 1949.[14] Der Aufbau eines Gedichtes in den letzten drei Jahrzehnten gestaltete sich gewöhnlich in drei Stufen: Beschreibung (miaoxie) im Stil einer Anrufung oder eines Natureingangs, Ausführung (puchen) und Schlußsentenz (shenghua).[15] Es fehlt also lediglich der Wendevers des Tang-Gedichtes. Die Lyrik seit 1949 insgesamt unterscheidet sich weniger von Werk zu Werk als vielmehr durch ihren zeitlichen Standort.

Lautete die Devise in den vierziger Jahren, die Dichtung »zu vermassen« (dazhonghua) und »zu nationalisieren« (minzuhua), so verlangten die fünfziger Jahre, »von den neuen Volksliedern zu lernen« (xiang xin minge xuexi).[16] In letzterem Fall konnte lediglich der Ton von Jahrzehnt zu Jahrzehnt wechseln: In den fünfziger Jahren war der »Hirtenton« (mugeshi) angesagt, in den Sechzigern die »Rationalität« (lixing) und in der Kulturrevolution (1966-1976) das »Religiöse« (zongjiaoshi).[17] Kurzum, die Lyrik trug drei Jahrzehnte lang »ein offizielles Kostüm« (guanfang secai), wie es der Hongkonger Publizist Bi Hua ausdrückte.[18]

Der in den dreißiger Jahren durch die Intelligenz eingeleitete und in den vierziger Jahren durch Mao Zedong vollzogene Abschied vom Ausdruck subjektiven Schmerzes mag für die Zeit plausibel erscheinen: Es war die Aufgabe auch der Schriftsteller, das Leben aktiv gegen den japanischen Imperialismus und die Vernichtungspolitik der Guomindang zu verteidigen. Aber nach 1949 wuchs sich die Absage an Literatur als Selbstausdruck zu einem Herrschaftsinstrument aus, der Schmerz war nur als Ausdruck der leidvollen Vergangenheit legitimiert, in der Gegenwart hatte er nichts mehr zu suchen; da wurde er als »kleinbürgerlich« oder gar als »antikommunistisch«, »antiparteilich« diffamiert. Die Folge war »das ichlose Ich« (yizhong feiwo de ›wo‹), »ein Stein zur Pflasterung der Straße«.[19] Ohne Innenleben stellte es sich niemals die Frage nach seiner (Nicht-)Existenz, denn alles, was es war, war die Partei, wo sein Glück beschlossen lag.

Ein erstes Nachdenken über das Selbst des Menschen setzt mit dem Ende der Kulturrevolution ein, zunächst ganz systemimmanent im Rahmen der *Wundenliteratur* (shanghen wenxue). Der literarische Ausdruck des während der Kulturrevolution erlittenen Leides war hier funktionalisiert als *ein* Erklärungsmodell für die Notwendigkeit des politischen Wechsels im Oktober 1976. Dieser vor allem unter den jungen Schriftstellern verbreitete Trend verliert jedoch bald an Bedeutung, aber auch bei den 1978/79 rehabilitierten Schriftstellern der mittleren Generation findet die Suche nach dem *Menschen* (ren) innerhalb der gegebenen Ordnung statt. Die Frage nach den Konstituenten der menschlichen Existenz ist auch die Frage nach den *historischen* Ursachen für das Zerbrechen der Ideale, Ernüchterung, nicht Resignation kennzeichnet z. B. Wang Mengs Protagonisten. Eine radikale und schutzlose Suche nach dem *Selbst* (ziwo) und dem Begriff *ren* (Mensch) unternimmt dagegen erst die nach 1949 in der VR China geborene und herangewachsene Generation. Ihre Publikationsorgane sind zunächst nicht die offiziellen Zeitschriften und Zeitungen, sondern während des Pekinger Frühlings (1978-1980) selbstverlegte und hektographierte Magazine, die in Peking z. B. an der Demokratischen Mauer (Xidan) verkauft wurden. Die Herausgeber repräsentieren in erster Linie die städtische Jugend und Intelligenz, die während der Kulturrevolution aufs Land verschickt war. Sowohl die Desillusionierung gegenüber den Jahren 1966 bis 1976 als auch der Rückgriff auf westliches Denken, wie es in China bis in die vierziger Jahre hinein bekanntgeworden ist (das abendländische Denken der siebziger und achtziger Jahre scheint mir bisher eine untergeordnete Rolle zu spielen), bilden die Grundlage für eine vollkommen neue Sicht der VR China seit deren Gründung im Jahre 1949. Das bisherige Leben wird als Zufall, Abrichtung, Schicksal begriffen, die Kritik gilt nicht nur der Kulturrevolution, sondern der Entwicklung Chinas in den letzten drei Jahrzehnten schlechthin; manche Kritiker gehen so weit, die Partei als Hochburg nicht nur der Privilegien, sondern gar des Feudalismus zu verstehen.

Die künstlerischen Ausdrucksformen für diese neue Sehweise waren in erster Linie Erzählungen, Malerei und Lyrik. Nur in letzterem Fall läßt sich jedoch von einem in sich geschlossenen und weithin Wirkung erzielenden ästhetischen Gebilde sprechen. Es ist die Rede vom sogenannten *Obskuren Gedicht* (menglongshi), eine despektierliche Bezeichnung (so Feng Zhi zu mir im Mai 1982 in Heidelberg) für eine literarische Erscheinung, die nach Bi Hua als der heftigste Angriff gegen Chinas Entwicklung seit der Ausrufung der Volksrepublik 1949 auf dem Gebiet der Literatur angesehen werden muß.[20] Sein offizielles Erscheinen in den nationalen Literaturzeitschriften hängt unmittelbar mit dem Niedergang der *minban zazhi* zusammen, also jener Organe, die Publikationsort für die nichtoffizielle Literatur und Kunst waren. Infolge der »Aufsaugungspolitik«[21], die das Ende des Pekinger Frühlings begleitete, wandern die Redakteure und Herausgeber besagter Magazine in die staatlich geleiteten Monatszeitschriften ab, wo nun ihre literarischen Werke zu erscheinen beginnen. Insofern markiert das Jahr 1980 in dem *Journal für Poesie* (Shikan) den offiziellen Beginn der *Menglongshipai*. Als das (vorläufige?) Ende muß der Oktober 1983 gelten, als innerhalb der Kampagne zur »Ausrottung der geistigen Verschmutzung« (qingchu jingshen wuran) die *Obskure Lyrik* neben der neueren Frauenliteratur zum Hauptangriffsziel wird.[22]

Das *menglongshi* galt jedoch nicht erst ab dieser Zeit als umstritten, es war von Anfang an beargwöhnt worden.

Absurd (guguai), verschwommen (menglong), unverständlich (kanbudong), mysteriös (wuli kanhua) lautete der Tenor der Vorwürfe.[23] Denn sowohl formal als auch inhaltlich stellte das *Obskure Gedicht* für den chinesischen Leser etwas völlig Neues dar. Doch der Vorwurf einer kranken Literatur wurde an die Gesellschaft zurückgegeben: Das *menglongshi* sei die Reaktion des *Selbst* auf die Krankheit der Zeit.[24] Gegen literarische Erscheinungen als »Versteinerungen der Neuzeit« (jindai huashi), gegen die Gewohnheit als »Feind der Posie« und »Maske der Gefühle«[25] wird Lyrik verstanden als »ein Spiegel, in welchem der Mensch sein Selbst (ziji) schauen kann«, als »die Geschichte der Seele des Dichters«, als »das seelische Porträt des historischen Prozesses«.[26] Nicht die Partei und deren Direktiven sind Leitlinie des schöpferischen Prozesses, sondern der *Mensch* (ren) und dessen *Innenwelt* (neixin). Insofern fordert Liang Xiaowu den Dichter auf, »ins Innere des Menschen zu dringen«[27], eine Forderung, die die Kulturpolitik seit 1942 nicht nur nicht gestellt hatte, sondern die auch als Angriff verstanden werden mußte, da mit ihr die Innenwelt des Menschen sich als eigene Instanz neben und außerhalb der Partei zu etablieren begann. Shu Tings »Ich möchte, so weit wie möglich, mit meinen Gedichten meine Betroffenheit gegenüber dem ›Menschen‹ zum Ausdruck bringen« und Yang Lians »Ich werde nie vergessen, als Mitglied der Nation (minzu) Lieder zu singen, aber zuallererst will ich als Mensch Lieder singen«[28] weisen in diese Richtung. Es ist nicht die Partei*vernunft*, die im Zentrum steht, sondern das Menschen*gefühl*. Es ist auch nicht der Anspruch, für *ganz* China zu sprechen (der Anspruch der offiziellen Literatur seit 1949), sondern nur für eine einzige Generation, nämlich die Jugend (z. B. Shu Tings *Die Stimme einer Generation*, s. S. 215). Die neuen Schlagworte in dem Spannungsfeld von Glaubensverlust (s. Bei Daos »Ich glaube nicht«, S. 184) und Suche (zhuiqiu) lauten *Liebe* (aiqing), *Glück* (xingfu), *Leben* (shenghuo) und vor allem immer wieder *Mensch*. »Statt das Leben widerzuspiegeln, gilt es nun, einfach das Leben zu beschreiben (miaoxie shenghuo).«[29] Warum? Die Widerspiegelungstheorie hat jahrzehntelang dazu herhalten müssen, das Wirkliche über den Begriff der Tendenz zu verklären, statt es zu erläutern. Insofern stellt der einfache Akt des Beschreibens, »Sagen, was Sache ist« (zhenshi miaoxie)[30], eine Herausforderung für die Lyrik seit 1949 dar, der das Wirkliche nur Durchgangsstadium zur a priori festgesetzten ideologischen Aussage war.

Mit der Konzentration auf *Stimmung* (qingxu), *Selbst* (ziwoxing), *Subjektivität* (zhuguanxing) geht auch eine neue Form einher. Zum ersten Mal in der modernen Literatur Chinas entfallen Satzzeichen, wird die Grammatik zerbrochen, werden Zeit und Logik bewußt aufgehoben, so daß auch von einer Thematik im herkömmlichen Sinne nicht mehr die Rede sein kann. Das Un(ter)bewußte, bald vier Jahrzehnte aus der Literatur verbannt, findet oftmals in emphatischer Zeilung sichtbaren Ausdruck. Es bedingt ein neues Vokabular, das des Schmerzes, und rückt trotz oftmals einfacher Sprache das Symbol, meist privates Zeichen, in den Mittelpunkt. Obwohl die offizielle Literatur für sich in Anspruch nahm, in der Sprache des Volkes zu schreiben, waren ihre Ausdrucksmittel oft zu genormt, um unmittelbar verständlich zu sein. Eine »lebendige Sprache« (shenghuohua), eine »schlichte Sprache« (danchunhua) und eine »Umgangssprache« (kouyuhua) nimmt daher die *Obskure Lyrik* nicht ganz zu Unrecht für sich in Anspruch.[31]

Während der Kampagne zur »Ausrottung der geistigen

Verschmutzung« lautete der offizielle Vorwurf gegenüber dem *menglongshi*, es sei neben seiner Unverständlichkeit nihilistisch, narzißtisch, es richte sich gegen die chinesische Tradition und stehe unter dem Einfluß von Sartre und Freud.[32] Da die chinesische Literaturwissenschaft jedoch in erster Linie moralische Anstalt ist und insofern dort stehengeblieben ist, wo vor 150 Jahren im Falle von Flaubert und *Madame Bovary* die französischen Tugendwächter angesiedelt waren, ist ihr entgangen, daß das *Obskure Gedicht* alles andere als nihilistisch ist. Selbst Bei Daos *Die Antwort*, das als das erste nach 1976 veröffentlichte *neue Gedicht* und als *das* Gedicht der chinesischen Jugend anzusehen ist[33], endet trotz des »Ich glaube nicht« mit dem Hinweis auf den Wendepunkt der Zeit und die kommende Generation. Oder auch das Gedicht *Auf den Winter zu* (s. S. 198), das den Ausstieg propagiert, redet zu guter Letzt von der grundsätzlichen Erneuerung. Trotz aller Beschwörung der gegenwärtigen menschlichen Existenz als Verbrechen (*Morgen, nein*, S. 196, *Komplize*, S. 204) ist die Hoffnung auf ein neues Dasein unüberhörbar. Die chinesische Literaturkritik unterschlägt in ihren Vorwürfen den Generationskonflikt und unterläßt es, klarzustellen, daß die Hoffnung der Jugend nicht die Hoffnung derjenigen ist, die in der chinesischen Revolution großgeworden sind, und umgekehrt. Die Generationskluft wird deutlich bei einem Vergleich der Lebensläufe von Ai Qing (*Mein Vater*, S. 155) und Bei Dao (*Ein Lebenslauf*, S. 202). Auch der Vorwurf eines extremen Individualismus, Egoismus, einer Ich-Verfallenheit ist nicht aufrechtzuerhalten, wie sich bei Shu Ting zeigen läßt. In der ständig wiederkehrenden Formula »Ich bin a« repräsentiert es die chinesische Generation nach 1949, bzw. es steht für die Gesamtheit des weiblichen Selbst dieser Generation, das im

historischen Prozeß, wo es Objekt war, nicht Subjekt, verdinglicht worden ist. Daher die starke Verwendung einer Körpersprache.
Die Auswahl moderner chinesischer Lyrik, die zum ersten Mal in deutscher Sprache vorgelegt wird, ist nach den Kriterien der Bekanntheit von Autor/in und der Bedeutung der jeweiligen Texte zusammengestellt worden. Eine Orientierungshilfe waren mir dabei Kai-yu Hsü, *Twentieth Century Chinese Poetry*, Garden City 1963, und Julia Lin, *Modern Chinese Poetry*, London 1972. Gedichte, die trotz eines gewissen Ruhms mehr von historischem Interesse sind und heute eher Vorurteile gegenüber einer Literatur aus China bestätigen würden, sind nicht aufgenommen worden. Die Übersetzungen, die um die Einheit von Exaktheit und sprachlichem Ausdruck bemüht waren, entstanden in Peking, Berlin und Cabbio. In Peking habe ich Bonnie McDougall für die Bekanntschaft mit Bei Dao und für ihre Übersetzungshilfen zu danken und Zhang Suizi für die Suche nach der Lyrik des Jahres 1984 (Bei Daos *Boddhisattva*, S. 205, erschien in *Shanghai wenxue* 8/1984). In Berlin war mir Zhang Xianzhen bei schwierigen Textstellen behilflich und machte mich gleichzeitig auch auf Zheng Chouyu aufmerksam. In Cabbio danke ich dem Bäumchen über der Alpe di Germania für die Suche nach dem Titel dieser Anthologie, der auf Bei Daos Zyklus *Nachrichten von der Hauptstadt der Sonne* (Anspielung auf Campanellas Sonnenstaat; das Gedicht *Leben*, S. 183, stammt hierher) zurückgeht. Ich habe auch Rupprecht Mayer, München, zu danken, der mich mit der Schönheit von Shu Tings Gedichten vertraut machte, und dessen (bald erscheinende) Übersetzungen von besagter Autorin mir ein Leitbild waren.

Hangzhou im November 1984 *Wolfgang Kubin*

Anmerkungen

* Der Untertitel geht auf eine Äußerung des Würzburger Sinologen Karl-Heinz Pohl auf der Kölner Tagung zur chinesischen Gegenwartsliteratur im April 1984 zurück.

1 Xu Jingya, *Jueqi de shiqun. Ping woguo xinshi de xiandai qingxiang* (»Lyrikfieber. Zur Situation des *neuen Gedichts* in China«), in: Bi Hua, Yang Ling (Hg.), *Jueqi de shiqun. Zhongguo dangdai menglongshi yu shilun xuanji,* Hongkong 1984, S. 100. Dieser Standardaufsatz zur *Obskuren Lyrik*, ursprünglich eine Art Magisterarbeit, erschien zuerst in *Dangdai wenyi sichao* 1 (1983).

2 David Y. Chen, *Theory and Practice of Modern Chinese Poetry*, in: Leon Edel (Hg.), *Literary History and Literary Criticism*. Acta of the Ninth Congress of the International Federation for Modern Languages and Literature, New York 1965, S. 152.

3 Achilles Fang, *From Imagism to Whitmanism in Recent Chinese Poetry: A Search for Poetics that Failed,* in: Horst Frenz and G. L. Anderson (Hg.), *Indiana University Conference on Oriental-Western Literary Relations*, Chapel Hill 1955, S. 179f.

4 S. hierzu Alfred Hoffmann, *Die literarische Revolution Chinas,* in: *Ostasienwissenschaftliche Beiträge* ... Veröffentlichungen der Abteilung für Ostasienwissenschaften der Ruhr Universität Bochum, Wiesbaden 1974, S. 78.

5 Julia Lin, *Modern Chinese Poetry. An Introduction*, London 1972, S. 31.

6 Chen, a.a.O., S. 153.

7 Ebenda, S. 154.

8 Cyril Birch, *English and Chinese Meters in Hsü Chih-mo's* [Xu Zhimos] *Poetry*, in: *Asia Major* 7 (1959), S. 277.

9 Lin, a.a.O., S. 87; vgl. auch S. 80f.

10 Ebenda, S. 116.

11 Ebenda.

12 Ebenda, S. 143.

13 Fang, a.a.O., S. 187. Fang sieht in *Ich bin ein Bilderverehrer* einen deutlichen Einfluß von Whitmans *So long*, S. 185.

14 S. hierzu meinen Beitrag *Revolution und Affirmation. Zur gegenwärtigen Literatur und Kunst in der VR China*, in: *Bochumer Jahrbuch zur Ostasienforschung* 1978, S. 110 ff.

15 Xu Jingya, a.a.O., S. 107.
16 Xie Mian, *Zai xin de jueqi mianqian* (»Angesichts eines neuen Lyrikfiebers«), in: Bi Hua, a.a.O., S. 84, zuerst erschienen in *Guangming ribao*, 7. Mai 1980.
17 So Bi Hua in seinem *Vorwort* zu Bi Hua, a.a.O., S. 8.
18 Ebenda, S. 9.
19 Xu Jingya, a.a.O., S. 105.
20 Bi Hua, *Vorwort*, S. 6.
21 Flemming Christiansen u. a. (Hg.), *Die demokratische Bewegung in China – Revolution im Sozialismus?*, München 1981, S. 89.
22 Als Ausgangspunkt einer vehementen Kritik der *menglongshipai* wird Xu Jingyas Beitrag genommen, s. *Guangming ribao*, 26. Januar 1984, S. 3 (Tao Wenpeng); *Wenhuibao*, 9. November 1983, Rubrik Wenyi bai jia Nr. 70 (Duan Ping); *Shikan* 11 (1983), s. auch den Anhang der Kritiken in Bi Hua, a.a.O., S. 151-172. Zu einer Selbstkritik sah sich Xu Jingya in der *Guangming ribao* vom 5. März 1984 gezwungen.
23 Bi Hua, *Vorwort*, S. 5. S. auch Sun Shaozhen, *Gei yishu de gexinzhe geng ziyou de kongqi* (»Gebt den Erneuerern der Kunst mehr Freiraum«), in Bi Hua, a.a.O., S. 86, ursprünglich in *Shikan* 9 (1980).
24 Xu Jingya, a.a.O., S. 104.
25 Diese Zitate stammen von Gu Cheng und finden sich bei Xie Mian, *Shiqule pingjing yihou* (»Nach dem Verlust der Ruhe«), in: Bi Hua, a.a.O., S. 91, ursprünglich erschienen in *Shikan* 12 (1980); und bei Sun Shaozhen, *Xin de meixue yuanze zai jueqi* (»Neue ästhetische Prinzipien im Vormarsch«), in: Bi Hua, a.a.O., S. 95, ursprünglich erschienen in *Shikan* 3 (1981).
26 Xu Jingya, a.a.O., S. 102, 104.
27 Sun Shaozhen, *Xin de meixue*, S. 93.
28 Ebenda, S. 94.
29 Xu Jingya, a.a.O., S. 101.
30 Ebenda, S. 109.
31 Ebenda, S. 115.
32 Bi Hua, *Vorwort*, S. 9; s. auch *Wenhuibao*, a.a.O.
33 Es erschien in *Shikan* 3 (1979); s. auch Xu Jingya, a.a.O., S. 98.

Bing Xin

Bing Xin (»Eisklares Herz«) (geb. 1900), Pseudonym für Xie Wanying, ist Chinas einzige namhafte Lyrikerin vor 1949. Sie wuchs auf der Shandong-Halbinsel auf und besuchte von 1914 bis 1918 in Peking die amerikanische Missionsschule Bridgman Academy. In diese Zeit fällt auch ihre Bekehrung zum Christentum. Von 1923 bis 1926 studierte die Autorin in den USA am Wellesley College (Mass.). 1951 aus Japan nach Peking zurückgekehrt, ist Bing Xin bis heute im Kulturbereich tätig gewesen. Ihre beiden Lyrikbände »Sterne« (Fanxing) und »Frühlingswasser« (Chunshui) – beide erschienen 1923 – waren von großer Bedeutung und weitreichendem Einfluß. Nach eigenen Worten verfaßte die Autorin die 164 Kurzgedichte (xiaoshi) der Sammlung »Sterne« nach der Lektüre von Rabindranath Tagores (1861-1941) »Stray Birds«. Für die damalige Zeit sind diese Art »Gedankensplitter« (so die Autorin) ungewöhnlich in der Form (freier Vers) sowie im Ausdruck des Gefühls. Die Gegenstände von Bing Xins »Philosophie der Liebe« – Mutter, Kind, Natur – mögen heute durch den schlichten Ton zu sehr auf das Ideal des »Friedlichen« (pingping'anan) reduziert erscheinen, gleichwohl hat die stille Betrachtung von Ich und Welt einen starken Widerhall bei der aufrührerischen Jugend der 4.-Mai-Bewegung gehabt.

Sterne

1

Sternenschimmer –
   Tiefblaue Leere,
   Niemand hat je ihr Reden vernommen!
In tiefem Schweigen,
      In mattem Licht
         Sind sie einander tiefer Preisgesang.

7
Erwacht
    Sind nur die Pessimisten!
Sie hören die Gongschläge der Wahrsager,
    Die das Schicksal der Menschen zerschlagen.

8

Letzte Blüten auf Zweige gestickt;
Vögel flogen vorbei,
  Ein Rot fiel über die Erde –
    War Leben dieser Augen-
      Blick?

10

Der zartgrüne Sproß
Sagt zur Jugend:
»Entfalte dich!«
Die hellweiße Blüte
Sagt zur Jugend:
»Gib dich hin!«

Die tiefrote Frucht
Sagt zur Jugend:
»Opfere dich!«

14

Wir sind die Zöglinge der Natur,
Wir schlafen in der Wiege des Universums.

19
Mein Herz,
Ein vereinzeltes Boot
Hinter dem schwankenden Ozean der Zeit.

74
Die Wellen der Frühe
    Sind längst dahingegangen,
Die Fluten des Abends
    Kommen mit derselben Stimme.

96
Schatten fallen ins Wasser,
    Sätze ins Herz,
Spurenlos beide.

Guo Moruo

Guo Moruo (1892-1979) aus Leshan in der Provinz Sichuan ist Chinas vielseitigster Schriftsteller im 20. Jahrhundert. Gleicherweise Lyriker, Erzähler, Dramatiker, Übersetzer (u. a. »Werther« und »Faust«), Literaturwissenschaftler, Historiker, Archäologe und Politiker, umfaßt er ein halbes Jahrhundert moderne chinesische Geistes- und Kulturgeschichte. Von seinen Werken ist als folgenreichstes die 1921 erschienene Sammlung »Göttinnen« (Nüshen) anzusehen, die gleichsam den Beginn der modernen Dichtung in China markiert. Unter dem Einfluß der Romantik, des Expressionismus und des Pantheismus sowie unter dem Eindruck von Goethe und Whitman sind die Gedichte in freien und expressiven Versen geschrieben, die in ihrem hymnischen Ton der Feier des subjektiven Ich und des aufbegehrenden Helden gelten.

Prolog

Ich bin ein Proletarier:
Denn außer meinem splitternackten Ich
Verfüge ich über keinen Privatbesitz.
Die »Göttinnen« sind das Produkt meiner Arbeit,
Also sind sie mein Eigentum,
Aber ich will Kommunist sein
Und sie öffentlich machen.

»Göttinnen«!
Geht und sucht Menschen, die beben wie ich;
Geht und sucht Menschen, die brennen wie ich.
Geht und rührt meiner Generation
Die Stränge des Herzens auf,
Entflammt ihr Wissenslicht!

26. Mai 1921

Himmelshund

Ich bin ein Himmelshund!
Ich verzehre den Mond,
Ich verzehre die Sonne,
Ich verzehre alle Sterne,
Ich verzehre das gesamte Universum.
Ich bin ich!

Ich bin das Mondlicht,
Ich bin das Sonnenlicht,
Ich bin das Licht aller Sterne,
Ich bin das Licht der Röntgenstrahlen,
Ich bin die Gesamtheit aller *Energy* des Universums!

Ich rase,
Ich schreie,
Ich brenne.

Ich brenne wie das Feuer!
Ich schreie wie das Meer!
Ich rase wie die Elektrizität!
Ich fliege,
Ich fliege,
Ich fliege,
Ich ziehe meine Haut ab,
Ich esse mein Fleisch,
Ich trinke mein Blut,
Ich kaue mein Herz und meine Leber,
Ich fliege in meinem Geist,
Ich fliege in meinem Rückenmark,
Ich fliege in meinem Gehirn.

Ich bin ich!
Mein Ich will bersten!

Februar 1920

Himmelshund ist u. a. der Name eines bösen Geistes im Mond. Gemäß traditioneller chinesischer Vorstellung nimmt der Mond jedesmal ab, wenn dieser Geist ihn zu verzehren beginnt (Anm. d. Hg.).

Bad im Meer

Die Sonne steht im Zenit!
Entgrenzt röhrt der Pazifik seine Mannbarkeit hinaus!
Alle Dinge ein Tanz im Kreis!
Hier inmitten des Tanzplatzes fordere ich die Wellen zum Spiel!
Mein Blut flutet mit den Meereswogen empor,
Mein Herz verbrennt mit den Sonnenfeuern,
Gereinigt bin ich
Vom Staub und Abfall meines Lebens!
Ja, ich bin eine Zikade nach der Häutung,
Unter der furchtbaren Sonne gibt sie ihre Stimme frei:

Die Strahlenkraft der Sonne
Wird das Universum einschmelzen!
Brüder! Schnell!
Kommt und fordert die Wellen zum Spiel!
Wenn unser Blut emporflutet,
Wenn unsere Herzen verbrennen,
Wollen wir schnell die abgetragene Haut
Auswaschen!
Die Schaffung einer neuen Welt
Liegt völlig an uns!

September 1919

Ich bin ein Bilderverehrer

Ich bin ein Bilderverehrer!
Ich bete die Sonne an, ich bete die Berge an, ich bete das Meer an;
Ich bete das Wasser an, ich bete das Feuer an, ich bete die Vulkane an, ich bete die großen Ströme an;
Ich bete das Leben an, ich bete den Tod an, ich bete das Licht an, ich bete die Dunkelheit an;
Ich bete den Suez an, ich bete Panama an, ich bete die Große Mauer an, ich bete die Pyramiden an;
Ich bete den Geist der Schöpfung an, ich bete die Kraft an, ich bete das Blut an, ich bete das Herz an;
Ich bete die Bombe an, ich bete die Trauer an, ich bete die Zerstörung an;
Ich bete die Bilderstürmer an, ich bete mich an!
Denn auch ich bin ein Bilderstürmer!

Mai-Juni 1920

Fußspuren im Sand

1
Die Sonne fällt auf meine rechte Seite,
Den Schatten meines ganzen Körpers
Wirft sie links ins Meer;
Meine Fußspuren bleiben im Sand zurück.

2
Die Sonne fällt auf meine linke Seite,
Den Schatten meines ganzen Körpers
Wirft sie rechts ins Meer;
Meine Fußspuren bleiben im Sand zurück.

3
Die Sonne fällt mir in den Rücken
Den Schatten meines ganzen Körpers
Wirft sie vor mir ins Meer;
So bewahre denn, Flut, die Fußspuren im Sand!

4
Die Sonne befällt mich von vorn,
Sonne! Hast du meinen Schatten
Hinter mir ins Meer geworfen?
Fortgespült sind die Fußspuren im Sand!

Krematorium

Mein Schädel auf fiebrigem Nacken
Gleicht dem Ofen in einem Krematorium;
Meine Seele längst eingeäschert!
Aber woher kommst du, kühler Wind?
Auch hier
Hat dein Wehen einen Frühlingshalm geweckt.

Neu-Leben

Violett,
Kegel.
Milchweiß,
Nebel.
Gelblich,
Bläulich,
Erdgröße,
Atm't Aether,
Feuerwagen,
Lautlich lachen
Na.na.
Na.na.
Nach go.
Nach go.
Nach goldene Sonne
Vo.vo.vo.
Vorlaufen,
Vorlaufen,
Vorlaufen.
So!so!so!

1. April 1921

Dieser Text wurde vom Autor auf deutsch verfaßt (Anm. d. Hg.).

Sonnenaufgang vom Schiff

Himmel, bleiernes Rund,
    Ozean, Indigo,
Kein Halt für das Auge,
    Nur die Unruhe des Schiffes und der schwarze Rauch,
Böses,
    Das in der Leere haust!

Golden sind die Wolken gemischt,
    Und ein Kratzer ist an den Himmel gemalt.
Die schwarze Seemöwe
    Richtung Nirgendwo.

Mein Herz scheint
    Trunken.
Doch ich an der Reling
    Speie Galle . . .

Sonne!
    Kristallener Ohrring,
Der zwischen Himmel und Meer und Himmel
    An schwarzem Wolkenkopf baumelt.
Jetzt erst hast du dein Antlitz gezeigt!
    So triumphiere um meinetwillen!
Denn heute habe ich das Meer besiegt!

3. April (1921)

Xu Zhimo

Xu Zhimo (1896-1931) stammt aus einer Bankiersfamilie in der südchinesischen Provinz Zhejiang. Nach dem Studium der Politikwissenschaft und Wirtschaftswissenschaft in den USA (1918-1920) und Großbritannien (1920-1922) mit dem Ziel, Chinas Alexander Hamilton zu werden, wandte sich der spätere Gründer und Sprecher der Neumondgesellschaft (Xinyueshe) in Cambridge der Poesie zu. Unter dem Einfluß der englischen Lyrik des 19. Jahrhunderts (insbesondere Shelley und Keats) gelingt ihm als erstem chinesischen Dichter die Symbiose von chinesischer Umgangssprache und westlicher Versform (s. z. B. das Gedicht »Zufällig« in der Form eines Limericks und »Auf der Suche nach einem Stern« in der Form von Tennysons »In memoriam Sonetten«). Von vielleicht noch größerer Bedeutung für die Entwicklung der modernen chinesischen Literatur ist Xu Zhimos Bild des neuen Mannes: die »Abenteuer der Seele« erfordern die vollkommene Hingabe an »Liebe, Freiheit, Schönheit«. Die vielen Reisen, die den Dichter 1924 mit Tagore durch China und 1925 nach Deutschland führen, sind der äußere Ausdruck für die Suche nach der reinen Schönheit. Konsequent wird das Fliegen zum sichtbarsten Zeichen von Xu Zhimos Aufbruchsphantasien (s. »Reise in den Wolken«).

Um wessen willen?

In diesen Tagen kennt der Herbstwind kein Maß:
Ich habe Angst, in den Hof zu sehen,
Blätter, von unsichtbaren Pfeilen getroffen,
Schießen wie verwundete Vögel kopflos dahin –
Vorbei denn: Leben, Farben, Schönheit.

Zurückbleibt im westlichen Teil nur das bißchen Efeu an der Mauer:
Ein Leopard, in den Herbst geduckt,
Unter den Fausthieben des Windes
Seine tiefe Stimme tönt traurig –
»Ich leide um deinetwillen!« scheint er mir zu sagen.

Sie leidet um meinetwillen! Die lichte Ranke,
Ohne Nachsicht vom Herbstwind
Verfolgt (Vernichtet wäre Gnade!)
Verfolgt bis zur Neige –
Entblößt ist nun die Mauer vom Wagnis des Efeus!

Heute nacht steht der Orion bläulich am Himmel,
Und lauscht in den Hof: herbsterfüllte Leere,
In der Stille kein Wispern:
Die Blätter sinken über dem Schlamm in friedvollen Schlaf –
Um wen also trauere ich in dieser tiefen Nacht?

(1925)

Auf der Suche nach einem Stern

Ich reite auf einem lahmen, blinden Gaul,
Peitsche ihn in die schwarze Nacht; –
Peitsche ihn in die schwarze Nacht,
Ich reite auf einem lahmen, blinden Gaul!

Ich stürze mich ins Dunkel,
Auf der Suche nach einem Stern,
Auf der Suche nach einem Stern; –
Stürze ich mich ins Ödland der Nacht.

Erschöpft hat sich das Tier, das ich reite.
Der Stern ist nicht erschienen; –
Der Stern ist nicht erschienen,
Erschöpft hat sich auch der Reiter im Sattel.

Den Himmel durchscheint ein kristallenes Leuchten,
In der Einöde liegt gefallen ein Tier,
In schwarzer Nacht liegt tot ein Körper, –
Den Himmel durchscheint ein kristallenes Leuchten!

Zufällig

Ich bin eine Wolke am Himmel,
Die zufällig ihren Schatten in die Wellen deines Herzens
geworfen hat –
Sei nicht überrascht,
Noch weniger erfreut –
Die Spuren sind bald getilgt.

Wir sind uns auf dem Ozean in schwarzer Nacht
begegnet,
Du hattest deine Richtung, ich die meine;
Du magst es erinnern,
Besser vergessen,
Das Licht im Moment der Begegnung!

Pipa-Klänge aus tiefer Gasse

Wieder von ihr aus dem Schlaf geschreckt, Pipa um
Mitternacht!
Wessen Schmerzen,
Wessen Finger
Sinken als kalter Wind oder bitterer Regen, als
überzählige Blüte
In diese tiefe, tiefe Nacht,
In diesen vagen, vagen Schlaf
Und entreißen den harten Saiten Unruhe,
Die in die Nacht klingt, in die verlassene Straße,
In den restlichen Mond zwischen den
Weidenzweigen,
Ja, der halbe Mond ist wie eine zerbrochene Hoffnung,
der
Pipaspieler trägt seine Mütze wie eine verwelkte Blüte
Und am Körper eine Kette,
Auf dem Weg der Zeit hat er sich in die Umnachtung
getanzt, in die Umnachtung gelacht,
Aus, sagt er, blas dein Licht aus,
Sie wartet am Grab,
Wartet auf deinen Kuß, deinen Kuß, deinen Kuß!

(1926)

Vor der Kathedrale von Exeter

Heute abend ist es mein eigener Schatten
  Der an fremdem Ort den Vorhof einer Kathedrale
                                        befällt,
Ein Kirchenschiff kalt und herrisch,
  Ein Schatten, schmal und verloren.

Ich frage die Statue an der Kirchenwand:
  »Wer verantwortet dieses ungeheure Leben?«
Die verwitterte Statue starrt mich verwirrt an,
  Als ob sie die ungeheure Frage beargwöhne.

Ich wende mich an den kalten Polarstern
  Hinter der Kathedrale,
Aber er antwortet mir mit spöttischem Zwinkern,
  So sind wir unter den Sternen uns selbst überlassen,
                                        mein Rätsel und ich!

Der alte Baum an meiner Seite hütet
  Zu dieser Stunde unter dem Kriegerdenkmal die
                                        Schuldlosen,
Sein stilles Seufzen fällt wie
  Kalter Herbstregen in die kalte Leere des Hofes.

Mit den Erfahrungen von mehr als hundert Jahren
  Kennt er die Illusionen der Menschen;
Auch die Unbilden des Lebens hat er notiert:
  Das Ungestüme von Frühling und Sommer, das
                                        Lahmen des Winters.

Er kennt die Ältesten der Stadt,
Hat sie als Säuglinge bei der Taufe gesehen;
Später bei der Hochzeit in derselben Kirche, –
Schließlich ihre Namen auf den Grabsteinen!

Dieser tragikomischen Farce längst über,
Dauert ihn nicht einmal das Geschwür an seinem eigenen Körper;
Mit mir eines Sinnes stößt er einen Seufzer aus –
Ja, gefallene Blätter schichten sich über meinem Schatten!

Juli 1925

Zweiter Abschied von Cambridge

Leicht gehe ich,
Wie ich leicht gekommen bin;
Und leicht auch winke ich
Den Wolken über westlichem Himmel zum Abschied.

Die goldene Weide am Fluß
Ist eine Braut im Abend;
Ihr bunter Schatten im Wellenlicht
Durchflutet mein Herz.

Die Sumpfrosen über dem Schlamm
Schwingen mühelos auf dem Wasser!
In den sanften Wellen des Cam
Wäre ich gern eine Wasserpflanze!

Der Teich unter dem Schatten der Ulme:
Keine Quelle, ein Regenbogen am Himmel
Zerrieben zwischen den treibenden Algen,
Mit dem Bodensatz von Träumen nach Maßgabe
seiner Farben.

Den Traum suchen? Nimm eine lange Bootsstange
Und geh hinein ins Grün, in immer tieferes Grün,
Das Boot beladen mit Sternenglanz,
Sing deine Lieder in der Farbe der Himmelslichter.

Doch ich bin stumm,
Stille ist der Klang des Abschieds;
Auch die Zikaden des Sommers sind für mich verstummt,
Schweigen ist Cambridge an diesem Abend!

Still gehe ich,
    Wie ich still gekommen bin;
Ich schüttele die Ärmel aus,
    Daß sich keine Wolke mit mir fortstiehlt.

6. November (1925) in Shanghai

Weite See

Ich brauche nicht das weite Meer, den leeren Himmel,
Ich brauche auch keinen großen Papierdrachen,
Der am Himmel mit dem allseitigen Wind sein Spiel
treibt;
Ich will nur einen Moment
Ich will nur etwas Licht
Ich will nur einen Spalt, –
Wie ein Kind, das
In dunklem Zimmer vor einem Fenster krabbelt
Und am Westhimmel Ausschau hält nach einem
unablässigen
Spalt, einem
Licht, einem
Moment.

Die beiden Monde

Es sind zwei Monde, die ich in der Ferne schaue;
Von derselben Art, aber von ungleicher Erscheinung.

Der eine steht gerade am Himmel
Und löst sein Federkleid,
Er geizt nicht mit seiner Güte,
Gold und Silber schüttet er über die Erde aus.
Er vergißt auch nicht die Ziegeldächer der Stadt.
Zwischen den Drei Seen läßt er seine Makellosigkeit ruhen.
Er springt aus dem Schnee, springt auf die Bäume,
Verbirgt sich dann im frischen Grün der Glyzinien.
Von seiner zerbrechlichen Schönheit
Müssen selbst die Fische am Grund trunken sein!
Aber er hat auch ungute Eigenschaften,
Er liebt es, abzunehmen;
Manchmal erblickt das Auge am Firmament nur Sterne
Und kein betörend rundes Gesicht,
Auch wenn ihn das Gesetz der Zeit wiederbringt,
Hat das schmerzvolle Verlangen nach ihm doch kein Einsehen!

Der andere Mond ist unsichtbar,
Und namenlos in seiner Schönheit:
Auch er hat ein betörendes Lächeln
Und erhaben ist sein Weg;
Niemals fügt er sich anderen in seinem Großmut,
Könntest du nur die Bäume in meinem Garten schauen!
Ich schätze seine grenzenlos magische Kraft,
Oft reißt sie die Wogen meiner Seele empor:

Meine Liebe gilt dem Rauschen der Silberfluten,
Inmitten von Wellenkronen tönt Silberglockenmusik;
Und dann der weiße Schaum: Schweif von Pferden
Oder Perlen, blank gerieben.
  Ein vollkommener Mond,
  Und ohne jeden Makel!
Ich muß nur die Augen schließen,
Dann steigt er in all seiner Schöne am Himmel empor!

Die Drei Seen befinden sich in der Verbotenen Stadt in Peking (Anm. d. Hg.).

Frühlingsende

Gestern die Pfirsichzweige in der Vase:
Zahlloses Lächeln an die Wange einer Schönen gehängt,
Heute die Köpfe geneigt, mit gewandeltem Anschein –
Hängen abgestorbene Körper rot und weiß an grünen Zweigen herab.
Wind und Regen verkünden vor dem Fenster das Schicksal des Spätfrühlings,
Eine Sterbeglocke klingt durch das Dunkel der Nacht;
»Auch die frischen Blumen in deines Lebens Vase
Sind von neuem Anschein; schöne Leichname, wer wird sie bestatten?«

Reise in den Wolken

An diesem Tag gingst du mühelos in den Wolken dahin,
Ganz du selbst und flüchtig, gab es kein Innehalten
An den Orten des Himmels oder an den Rändern der Erde,
Entgrenzte Reise war der Name deiner Freude.
So entging dir auf dieser schmählichen Erde
Der Bergquell, auch wenn dein Glanz
Im Vorüberflug seine Verhaltenheit färbte,
Ihm Leben gab, so daß er dein schönes Abbild fest umschloß.

Doch umfangen hielt er nur seinen eigenen Schmerz,
Denn keine Schönheit kann in der Landschaft ruhen;
Er verlangt nach dir, aber du bist schon über den Bergen,
Um deinen Schatten in ein größeres Wasser zu werfen!
Du bist es, der den Bergquell immer schmaler werden ließ,
Nun sinnt er ohnmächtig deiner Wiederkehr.

(1929)

Zugfahrt

Der Zug umschlingt die Gleise, um in die Nacht zu
stürzen:
Vorbei an Bergen, Wasser, Gräbern;

An Eisenbrücken, die wie Rinder schnauben,
An verödetem Land und Tempeln mit zerfallenen Toren,

Vorbei an Tümpeln, wo Frösche im schwarzen Wasser
die Trommel rühren,
An Dörfern ohne Stimme und Licht;

Vorbei an erkalteten Bahnstationen ohne Fahrgäste,
Wo Bahnsteige ihren Bauch bloßlegen wie ein
Verbrechen.

Es ist die Stunde, da die Zugpfeife am Himmel
Den Orion weckt, daß er durch den Wolkenriß späht:

Wo will das hinaus, argwöhnt er,
Haltlos in müheloser Nacht, ein einziges Stöhnen und
Stampfen,

Ein Seidenfaden, endlos gesponnen, der Atem Flamme,
Machtvoll ins Dunkel hinein und ohne Obacht auf
Gefahr,

Klebt es auf schmalem Pfad, ihm sind es Gleise,
Und trägt auf dem Rücken sein Teil Schwere, als sei's
die Last eines Traumes.

Last! Diese seltsamen Leute mit den Kinderherzen,
Ruhig in befriedetem Schlaf kennen sie nur sich selbst.

Ihr Schicksal haben sie dem Zug überlassen
Und fragen nicht nach hohem Berg oder tiefer Schlucht,

Nach den Verwünschungen ungeheurer Vögel im Walde,
Nach den Himmelslichtern auf ihrem Weg in den Untergang;

Zufrieden mit dem Augenblick schnarchen sie mit offenem Mund,
Morgen am Ziel nehmen sie ihren Koffer und gehen!

Gut so, denn dem Schmerz geht niemand auf den Grund,
Und auch wir sind am Himmel ruhelos,

Weit die Augen, liegt alles klar auf der Hand,
Nur über das Schicksal haben wir keine Macht.

Licht, Erkenntnis, ewige Schönheit, weg mit den Worten,
Jedem ist sein Weg der Unbill gegeben;

Nur wir sind stärker, wir,
Doch wer hat da Einsehen?

Wen Yiduo

Wen Yiduo (1899-1946), aus einer traditionellen, in der Provinz Hubei ansässigen Gentry-Familie stammend, kommt während seines zehnjährigen Besuches der nach Art einer amerikanischen High-School geführten Qinghua-Schule in Peking (1912-1922) besonders mit der anglo-amerikanischen Kulturwelt in Berührung und wird tief von Keats beeinflußt. Die Suche nach »Love and Beauty« und die romantische Dichotomie von Ideal und Wirklichkeit werden für ein späteres lyrisches Werk bedeutsam. Der dreijährige Studienaufenthalt in den USA (1922-1925), während dessen er als Chinese diskriminiert wurde, findet in dem berühmten »Wäscher-Lied« Ausdruck, das antiamerikanische und pro-chinesische Kräfte mobilisiert. Nicht zufällig ist daher die spätere Rückwendung zur Erforschung der klassischen chinesischen Literatur. Wenn Wen Yiduo auch nur einen vergleichsweise kurzen Teil seines Lebens der modernen Dichtkunst gewidmet hat, so waren seine Forderungen nach einer Form in der neuen Poesie, die gegen Hu Shis Betonung des natürlichen Rhythmus gerichtet waren, richtungweisend. Seine berühmten Gedichte »Totes Gewässer« und »Vielleicht« sind gleichsam die praktischen Belege der theoretischen Vorstellungen. Aus dem einstigen Mitbegründer der unpolitischen Neumondgesellschaft (Xinyuepai) wird mit Ausbruch des Krieges gegen Japan und mit der Umsiedlung nach Kunming ein politisch engagierter Streiter, der für seine offene Kritik an der Guomindang mit dem Leben bezahlen muß: er wird auf offener Straße erschossen.

Du schwörst bei der Sonne

Du schwörst bei der Sonne, läßt gar die Wildenten am
Himmelsrand
Deine Ergebenheit verkünden. Gut, ich glaube dir
vollständig,
Ja, selbst wenn die Tränenblüten der Leidenschaft
aufbrächen, ich wäre nicht überrascht.
Nur wenn die Ewigkeit herhalten müßte,
Kostete es mich ein Lachen. Ist nicht der Moment
Genug, mich trunken zu machen? Ich brauche keine
›Ewigkeit‹.
Liebe, du weißt, ich habe nur einen Atemzug Begierde.
Darum schnell, schlage mein Herz in Eisen! Aber du
gehst . . .

So ist dein Gebaren, längst durchschaut, – nein kein
Wortbruch –
Die ›Ewigkeit‹, das ist ein anderer, ich bin nur der
Moment davor,
Glaubst du es nicht? Wenn eines Tages der Tod deine
Unterschrift verlangt,
Gehst du dann? Ja, geh seine Umarmungen lieben
Und verkünde ihm deine unabänderliche Ergebenheit.

(1927?)

Spar deinen Zorn

Spar deinen Zorn!
Es hat nie etwas gezählt,
Das Leben: eine Begegnung von Wasserlinsen,
So laß es wie eine Wasserlinse aus.
Spar deinen Zorn!

Stell keine Fragen!
In den Augen harren Tränen,
Nur ein Wort von dir,
Ein Wort brächte sie zum Rinnen,
Stell keine Fragen!

Wecke mich nicht!
Feuer gehört nicht auf Asche,
Mein Herz längst abgetan,
Läßt du es am besten schlafen.
Wecke mich nicht!

Faß nicht nach mir!
Vergiß nicht,
Wir sind Wasserlinsen, die sich begegnen
Und einander leichterdings auslassen.
Faß nicht nach mir!

Beachte mich nicht!
Von nun an lege ich noch ein Schloß vor,
Klopfe nicht wieder ans falsche Tor,
Diesmal sei es mein Unglück, von mir gesucht.
Beachte mich nicht!

Schau

Schau, die Sonne, eine Frühlingsraupe nach dem Schlaf,
Spuckt unablässig Lichtstrahlen wie gelbe Seidenfäden;
Schau, die Rotbrust auf dem Telegrafenmast trägt die Sonne im Rücken.
Und die Brokatenten ruhen in tiefem Schlaf an den Wurzeln einer alten Weide.

Vor deinen Augen liegen auch bereit die Schätze des Frühlings,
So nutz denn die Stunde;
Dir sind Augen gegeben, schau noch einmal die Wandschirme vor dir, die Berge,
Aber such nicht dahinter deine Heimat.

Höre den Hänfling auf dem Zweig den Frühling besingen,
Trockne die Tränen und sing mit ihm.
Heimweh ist der gefühlloseste Dämon.
Er kehrt die Frühlingslandschaft in eine Einöde.

Schau, der Wind hat den kalten Bach vom Eis befreit:
Weiße Zähne, halb entblößt im Wellenspiel,
Unscheinbares Gras hat wieder ein Grün entworfen,
Auf der Weide flattern winzige Silberflaggen.

Vielleicht ist die Landschaft, bis du den Frühling daheim schaust,
Längst aufgebraucht, vielleicht auch du.
Nein, sieh nicht nach der Heimat,
Die Heimat ist ein Dieb, sie stiehlt dein Herz!

Vielleicht
Grabgesang

Vielleicht bist du wirklich zu müde vom Weinen,
Vielleicht, vielleicht willst du auch schlafen,
So soll die Nachtschwalbe still sein,
Der Frosch verstummen, die Fledermaus im Flug innehalten,

Der Sonne sei es versagt, hinter deine Lider zu dringen,
Dem Wind, an deine Brauen zu rühren,
Niemand darf dich wecken,
Eine Kiefer, zum Schirm geöffnet, schütze deinen Schlaf.

Vielleicht hörst du den Regenwurm Sand wenden,
Hörst die Graswurzeln Wasser trinken,
Vielleicht ist dir solcher Klang
Angenehmer noch als die Verwünschungen des Lebens;

So schließ zuerst die Augen ganz fest,
Ich laß dich schlafen, ich laß dich schlafen,
Ich bedecke dich leicht mit gelber Erde
Und lasse das Papiergeld langsam aufsteigen.

(1927)

Das Jüngste Gericht

Der Tau gurgelt im Abflußrohr,
  Die grüne Zunge der Bananen leckt das Fenster,
Vier gekalkte Wände sind auf Rückzug,
  Ich fülle keinen so großen Raum.

In meinem Herzen ist entzündet eine Schale Feuer,
  Still erwarte ich den Fremden aus der Ferne
Und nähre das Feuer mit Spinnennetzen, Mäusedreck,
  Schlangenhaut dient mir als Reisig.

Ein Hahnenschrei mahnt zur Eile, die Schale gefüllt mit Asche,
  Der Wind des Bösen stiehlt sich herein und berührt meinen Mund,
Der Fremde steht vor mir,
  Ich schließe die Augen und gehe mit ihm.

Totes Gewässer

Dies ist ein totes Gewässer, bar jeder Hoffnung,
Ein reiner Wind würfe nicht einmal eine halbe Welle auf.
Am besten, man gibt noch Unrat dazu,
Auch die Reste deiner Mahlzeit sind willkommen.

Vielleicht ergrünte das Kupfer zu Jade,
Formte sich der Rost auf den Blechbüchsen zu
Pfirsichblüten;
Dann laß Fett eine Schicht Seide kreieren
Und Bakterien Wolkenbunt hineinbrüten.

Ja, laß das tote Gewässer zu grünem Wein vergären,
Auf weißem Schaum trieben Perlen dahin;
Kleine zunächst, dann große nach Maßgabe ihres
Gelächters,
Ehe Mücken sie durchstächen auf der Jagd nach dem
Wein.

So könnte selbst ein totes Gewässer, bar jeder Hoffnung,
Sich vielfachen Glanzes rühmen.
Und wenn Fröschen die Stille unleidlich wird,
Dann hallte das tote Gewässer gar von Gesang wider.

Dies ist ein totes Gewässer, bar jeder Hoffnung,
Dies ist nicht der Ort von Schönheit,
Besser man überläßt es der Häßlichkeit zur
Urbarmachung
Und schaut, welche Welt es hervorbringt.

(April 1925)

Ich wollte zurück

Ich wollte zurück,
Auf deiner Faust, verschlossene Orchidee,
Auf deinem unverhärteten Haar,
In dem entzündeten Licht deiner Augen
Wollte ich zurück.

Ich kam nicht zurück,
In deinen Schritten, Ruder im Wind,
In deinem Herzen, uneinsichtige Fliege, die ans Fenster stößt,
In deinem Lachen mit den Silberglöckchen
Kam ich nicht zurück.

Ich sollte zurück,
In deinen ohnmächtigen Augen,
In dem Winterwind, der das verbliebene Licht löschte,
In einer kalten Hand, die dich wegnahm,
Sollte ich zurück.

Ich bin zurück
Mit dem Glühwürmchen, das dir Licht schenkt,
Mit der Zikade, die traurig an deinem Ohr zirpt,
Mit deinem Schlaf, den Mund voller Sand,
Bin ich zurück.

Nachtlied

Die Kröte zitterte vor Kälte,
Dem gelben Erdhügel entschlüpfte eine Frau
Schattenlos
Bei klarem Mond.

Dem gelben Erdhügel entschlüpfte eine Frau,
Dort, wo es keinen Spalt gab;
Ohne einen Regenwurm aufzuschrecken,
Ohne den Faden eines Spinnennetzes zu zerreißen.

Unter dem Mond saß eine Frau,
Das Angesicht Frühling,
Das rote Kleid ein Schrecken Blut,
Aufgelöst hing das Haar den Körper herunter.

Sie schrie, schlug sich die Brust,
Die Kröte zitterte nur vor Kälte,
Ein einsamer Hahnenschrei aus fernem Dorf,
Auf dem gelben Erdhügel war die Frau verschwunden.

Stille Nacht

Eine Lampe und vier Wände, gebleicht vom Licht,
Ein braver Tisch, ein braver Stuhl, intime Freunde beide;
Ein Geruch von Papier aus uralten Büchern;
Eine vertraute Teetasse von unberührter Reinheit;
Ein Säugling an der Brust der Mutter,
Ein lauter Schlaf verkündet der Welt: Mein Sohn ist gesund . . .
Eine unfaßbar stille Nacht, ein perfekter Friede,
In meiner Kehle zittern Lieder des Dankes.
Lieder, die in Verwünschungen enden,
Nacht, stille! Ich kann deine Bestechung nicht annehmen.
Ein anderer preise den Frieden im Geviert dieser Mauern!
Die Grenzen meiner Welt sind weiter.
Aus diesen vier Wänden läßt sich der Kriegslärm nicht aussperren.
Und aus meinem Herzen nicht der Herzschlag.
Besser man stopfte mir den Mund mit Sand,
Er mag nicht singen von des einen Freud und Leid!
Besser noch, man ließe die Feldmäuse Löcher in meinen Schädel nagen,
Nährte mit meinem Fleisch und Blut totes Gewürm,
Wenn es nur für einen Wein ist, einen Gedichtband,
Für die Muße in stillen Nächten, angefüllt vom Ticken einer Uhr,
Daß ich die Klagen der Nachbarn überhöre,
Die schwankenden Schatten der Witwen und Waisen übersehe,

Die Krämpfe in den Schlachtgräben, Irre, die in die Bahre beißen,
Und alle Arten von Traurigkeit unter des Lebens Mühlstein.
Glück! Ich kann deine Bestechung nicht annehmen.
Meine Welt ist nicht in dem Geviert dieser Mauern.
Höre! Wieder ein Kanonenschlag, das Brüllen des Todes,
Nacht, stille, du kannst meinem Herzen nicht den Herzschlag nehmen.

Herrn Wen Yiduos Schreibtisch

Plötzlich sind alle Stilleben beredt,
Plötzlich werden auf dem Schreibtisch Klagen laut:
»Ich sterbe vor Durst!« stöhnt das Tuschefaß,
Regenwasser habe seinen Rücken betropft, schreit das Lexikon;

Das Briefpapier beeilt sich, ihm schmerze der Rücken vom Krümmen;
Zigarettenasche verschließe seine Lippen, klagt der Füller,
Der Pinsel erklärt, Streichhölzer hätten sein Haar versengt,
Und der Bleistift grollt, die Zahnbürste drücke auf seine Beine;

»Diese unbotmäßigen Bücher«, murmelt das Weihrauchgefäß,
»Eines Tages werden sie dich überkommen!«
Die Armbanduhr seufzt, bald roste der Schlaf durch sie hindurch;
»Es kommt Wind! Es kommt Wind!« ruft das Konzeptpapier;

Das Pinselglas erklärt, es sei für Wasser zuständig,
Und nicht für stinkende Zigarrenasche.
In einem Jahr werde er nicht zweimal gewaschen, zürnt der Tisch,
»Ich wasche dich jeden zweiten Tag«, erwidert der Tuschetopf.

»Was für ein Herr? Wer ist unser Herr?«
Schimpfen die Stilleben mit identischer Stimme,
»Wenn das Leben so wölfisch ist,
Existierten wir besser nicht!«

Unser Herr beißt verwirrt lächelnd auf seine Pfeife,
»Alle Dinge gehören an einen Ort.
Verstöße liegen nicht in meiner Absicht,
Aber Ordnung ist nicht meine Gabe.«

Der Dichter

Die Leute sagen, ich sei nach Art eines Sternes,
Mein Licht tauge nur zum Geleit des Mondes,
Mir fehle der Nutzen einer Lampe –
Nicht nur schön, sondern auch hell zu sein.

Die Leute sagen, der Frühlingswind habe mich entfacht,
es schlagen wilde Rosen aus mir wie Feuer,
Ein zweiter Windstoß, und ich wäre ein Gehäuf toter
Asche;
Wer nähme die verbliebenen Blätter,
Stachlige Rüstung, an seine bloße Brust?

Anderen bin ich ein Berg in der Weite:
Sie wollen meine Couleur nur aus der Ferne
Und glauben nicht, daß in der Tiefe der Wolken
Das Andere ruht – der Himmel.

Weiter heißt es mal dies, mal das,
Nur niemand hat recht.
»Danke, Freunde!« sage ich, »bemüht euch nicht.
In eurer Hast ist kein Gedanke für mich.

Doch der Wind, der inmitten eures Treibens
Die Hitze nimmt, ist unachtsames Geschenk,
Ihr fragt auch nicht nach seiner Herkunft,
Spürt nur, er kam zur rechten Zeit!«

Verfaulte Frucht

Schwarzes Gewürm hat längst mein Fleisch zerfressen.
Ich schlafe auf kaltem Moos,
Die Fäulnis soll der Fäulnis Fäulnis sein,
Bis durchfault ist meine Schale,
Mein Gefängnis,
Und meine umschlossene Seele
Aus grüner Umkleidung
Lachend herausspringt!

Lu Xun

Lu Xun (1881-1936), aus einer Gentry-Familie in Shaoxing, Zhejiang, stammend, ist als Wegbereiter der modernen chinesischen Literatur in erster Linie wegen seiner lyrischen Erzählungen und seiner Essays bekannt. Gedichte hat er nach seiner Wendung von der Erzählkunst zur Essayistik nur in geringer Zahl verfaßt. Nicht nur ihre Verankerung im klassischen Sprach- und Bildungsgut machen die Lektüre schwierig, sondern auch die Kaschierung politischer Aussagen, welche die Guomindang-Zensur erzwang. Das mag ein Grund sein, warum Lu Xun im eigentlichen Sinne nie als Dichter galt – mit einer einzigen Ausnahme, den »Wilden Gräsern«. Dieses in Umgangssprache verfaßte Werk mit seiner schonungslosen Reflexion menschlicher Existenz ist jedoch nicht der Lyrik im strikten Sinne zuzuordnen. Es handelt sich hier um Prosagedichte (sanwenshi), die in China kein Vorbild haben und eher in den abendländischen Kontext (vgl. z. B. Saint-John Perse) zu gehören scheinen. Ihre Schönheit beruht auf dem starken Parallelismus, der permanenten Wiederholung bzw. Variation einzelner Bilder und nicht zuletzt auf dem Verstoß gegen das logische Denken.

Wilde Gräser

Wenn ich schweige fühle ich mich reich, will ich aber den Mund auftun, spüre ich Leere.
Das vergangene Leben ist bereits verblichen. Halleluja! Denn so weiß ich um seine einstige Existenz. Verblichen ist das Leben und auch verwest. Halleluja! Denn so weiß ich, daß es nicht entleert war.
Der Schlamm des Lebens, ausgebreitet über die Erde, läßt keine hohen Bäume wachsen, sondern nur wilde Gräser, das ist mein Vergehen.
Wilde Gräser haben keine tiefen Wurzeln, ihre Blüten und Blätter sind ohne Schönheit, aber sie trinken Tau, trinken Wasser, trinken Blut und Fleisch der längst Verstorbenen, rauben sich so ihre Existenz. Aber ihr Dasein ist bedroht: Man tritt auf sie, mäht sie, so daß sie dahinscheiden und verwelken.
Doch ich bin ruhig und froh. Ich möchte laut lachen und Lieder anstimmen.
Natürlich liebe ich meine wilden Gräser, aber ich hasse die Erde, die sich mit ihnen schmückt.
Ein Erdfeuer geht unter der Erde dahin, es rast und bricht hervor; sobald die Lava herausströmt, wird sie die wilden Gräser versengen, ja, auch die hohen Bäume, bis nichts mehr übrig ist.
Doch ich bin ruhig und froh. Ich möchte laut lachen und Lieder anstimmen.
Himmel und Erde so feierlich still, daß ich weder laut zu lachen noch Lieder anzustimmen wage. Vielleicht wagte ich es auch nicht, wenn sie nicht in ihre Ruhe zurückgenommen wären. So seien in Licht und Finsternis, im Leben und im Sterben, in Vergangenheit und in Zukunft

all diese Büschel als Zeichen Freund und Feind, Mensch und Tier, den Geliebten und Ungeliebten gewidmet.
Für mich, für Freund und Feind, Mensch und Tier, Geliebte und Ungeliebte hoffe ich auf den schnellen Tod und das schnelle Verwelken der wilden Gräser. Sonst hätte ich nicht gelebt, und das wäre schlimmer als Tod und Verwesung.
So geht, wilde Gräser, gemeinsam mit meinen Worten!

Lu Xun, 26. April 1927, niedergeschrieben im Baiyunlou von Kanton

Herbstnacht

Jenseits der Mauer in meinem hinteren Garten kann man zwei Bäume sehen, der eine ist ein Dattelbaum, und der andere ebenfalls.

Der Nachthimmel über ihnen ist seltsam hoch, nie habe ich einen so seltsam hohen Himmel gesehen. Als wolle er aus dieser Welt fortgehen und sich den Blicken der Menschen nicht mehr zeigen. Jetzt gerade ist er jedoch außergewöhnlich blau, aufflammend blinzeln zig Sternenaugen, kalte Augen. An seinen Mundwinkeln erscheint ein Lächeln, als hielte er sich selbst für tiefgründig, und mit dem Reif sprengt er die wilden Blumen und Pflanzen in meinem Garten.

Ich weiß nicht, wie diese Blumen und Pflanzen heißen, und welche Namen die Menschen ihnen zu geben pflegen. Ich erinnere mich an eine Pflanze mit winzigen, pinkfarbenen Blüten, sie blüht auch jetzt noch, aber ihre Blüten sind noch winziger. In der kalten Nachtluft träumt sie fröstelnd, im Traum sieht sie den Frühling kommen, im Traum sieht sie den Herbst kommen, im Traum sieht sie einen abgemagerten Poeten seine Tränen auf ihre letzten Blüten streichen und ihr verkünden, auch wenn Herbst und Winter kämen, es folgte der Frühling, wo die Schmetterlinge durcheinanderflögen und die Bienen Frühlingsweisen anstimmten. Sie lacht dann kurz auf, obwohl rot vor Kälte und immer noch fröstelnd.

Die Dattelbäume haben all ihre Blätter verloren. Kürzlich waren da noch ein, zwei Kinder, um jene Datteln herunterzuschlagen, welche die Erwachsenen übriggelassen hatten. Nun ist keine einzige Dattel mehr da, und auch das letzte Blatt ist heruntergefallen. Die Dattelbäume kennen die Träume der winzigen, pinkfarbenen Blüten, nach dem Herbst werde es Frühling; sie kennen auch die Träume der fallenden Blätter, nach dem Frühling werde es Herbst. Sie haben all ihre Blätter verloren, zurückgeblieben ist nur ihr Stamm, und ihre einsame Gestalt, befreit von den Früchten und Blättern, die sie einmal gefüllt haben, streckt sich nach Herzenslust. Aber es sind noch immer einige Zweige gebeugt, sie schützen die Schürfstellen, die sie von den Stockspitzen beim Dattelschlagen davongetragen haben. Aber die geradesten und größten Zweige haben sich längst wortlos wie Eisennadeln in den seltsam hohen Himmel gebohrt, so daß das Firmament aufflammend mit bösen Augen blitzt; und sie stoßen auch in den Vollmond hinein, der überrascht erbleicht.

Der Himmel mit den bösen Blicken steigert seine außergewöhnliche Bläue, als wolle er vor Unruhe aus der Welt fortgehen und sich den Dattelbäumen entziehen, so daß der Mond allein zurückbliebe. Aber auch der Mond hat sich heimlich im Osten verborgen. Und die Stämme, die nichts ihr eigen nennen können, stoßen immer noch wortlos wie Eisennadeln in den seltsam hohen Himmel hinein, sie trachten ihm nach dem Leben und scheren sich nicht um die Vielfalt seines betörenden Zwinkerns.

Hu, es gleitet ein ungeheurer Nachtvogel vorüber.

Plötzlich um Mitternacht ein verhaltenes Lachen, als wolle es die Schläfer schonen, die Luft wirft es überall zurück. Mitternacht, und niemand sonst da, es ist also das Lachen auf meinen Lippen, es treibt mich in mein Zimmer zurück, wo ich den Lampendocht höher stelle.

Die Fensterscheiben beginnen hinten zu beben, unzählige Insekten stoßen gegen das Glas. Vielleicht ist es einigen gelungen, durch das Fensterpapier hereinzukommen. Kaum herinnen, umschwirren sie den Lampenschirm aus Glas. Ein Insekt, das von oben hineingestoßen ist, gerät in die Flamme und gibt einer Stichflamme Nahrung. Zwei, drei Insekten aber ruhen auf dem Lampenschirm aus Papier und atmen tief durch. Der Schirm ist erst gestern ausgetauscht worden, sein Papier ist schneeweiß, gefaltet, und auf eine Ecke ist der blutrote Zweig einer Gardenie gemalt.

Wenn die blutroten Gardenien in Blüte stehen, werden die Dattelbäume wieder von den winzigen, pinkfarbenen Blüten zu träumen beginnen und in frischem Grün gebeugt werden sie wieder ihre einsame Gestalt einnehmen ... Wieder höre ich dann um Mitternacht das Lachen; und ich eile, meinen Herzensregungen Einhalt zu gebieten, ich betrachte die kleinen Insekten, noch immer auf dem Papierschirm. Sonnenblumengleich mit ihren großen Köpfen und kleinen Schwänzen sind sie nur halb so groß wie ein Maiskorn. Am ganzen Körper so dunkelgrün, daß sie Zuneigung wecken und gleichzeitig Mitleid.

Gähnend zünde ich eine Zigarette an und stoße den Rauch aus. Wortlos erweise ich vor der Lampe den dunkelgrünen, zierlichen Helden meine Reverenz.

15. 9. 1924

Der Abschied des Schattens

Verliert jemand im Schlaf das Bewußtsein für Zeit, dann kann es sein, daß sein Schatten von ihm Abschied zu nehmen gedenkt, und zwar mit folgenden Worten –

Es ist etwas im Himmel, das mir nicht behagt, darum will ich dort nicht hin; es ist etwas in der Hölle, das mir nicht behagt, so will ich dort auch nicht hin; es ist etwas in eurem kommenden Goldenen Zeitalter, das mir nicht behagt, da will ich genausowenig hin.

So bist du es also, der mir nicht behagt.

Freund, ich will dir nicht mehr folgen, ich mag nicht mehr bei dir sein.

Ich mag einfach nicht!

Verzeih, statt daß ich bleibe, durchstreife ich besser das Nichts.

Ich bin nur ein Schatten, so will ich von dir Abschied nehmen und in der Finsternis versinken. Die Finsternis wird mich verschlingen, so wie mich das Licht auslöschen wird.

Aber ich will nicht zwischen Hell und Dunkel umherzögern, besser, ich versinke in der Finsternis.

Immer noch ist Hell und Dunkel der Ort meines Zögerns, weiß nicht, ob es dämmernder Abend ist oder anbrechender Morgen. Ich hebe für einen Moment wie zum Trunk die grauschwarze Hand in die Höhe; wenn mir die Zeit abhanden gekommen ist, werde ich allein in die Ferne gehen.

Verzeih, bei dämmerndem Abend wird mich die Finsternis umfangen, bei anbrechendem Morgen ist es der helle Tag, der mich auslöscht.

Freund, es ist soweit.

Ich begebe mich in die Dunkelheit, um das Nichts zu durchstreifen.

Du willst noch eine Gabe zum Abschied? Was kann ich dir überreichen? Ich habe nur die Finsternis und das Nichts. Aber ich wünschte, es wäre nur die Finsternis, die in deinem Tag verlöschen würde; ich wünschte, es wäre nur das Nichts, das niemals dein Herz befiele.

So wünsche ich, Freund –

allein in die Ferne zu gehen, weder mit dir noch mit anderen Schatten aus der Finsternis. Nur mich würde die Finsternis umfangen, und die Welt wäre ganz und gar meine.

24. 9. 1924

Rache

Die menschliche Haut ist wohl kaum mehr als ein Millimeter dick. Darunter zirkuliert hellrotes, heißes Blut. In Adern, die dichter sind als Seidenraupen, wenn sie übereinander eine Mauer hochklettern, pulsiert es und verströmt seine Wärme. Und jeder bedient sich dieser Wärme, um einen anderen zu verführen, zu erregen, zu fesseln, jeder sucht, mit allen Mitteln, nach Anlehnung, nach Küssen und Umarmungen, um in den höchsten Rausch und Genuß des Lebens zu gelangen.

Aber wenn man mit einem scharfen Schwert nur einmal zustößt und diese pfirsichrote, armselige Haut durchbohrt, dann sieht man, daß das hellrote, heiße Blut all seine Wärme auf den Schlächter zerspritzt. Der erkaltende Atem, die bleich werdenden Lippen verwandeln den Täter im Anblick des scheidenden Lebens in frohlockenden Jubel; und der Körper des Opfers verliert sich für immer in diesem Jubelschrei.

So stehen sich denn zwei gänzlich nackt mit scharfem Schwert in grenzenloser Einöde gegenüber.

Sie wollen einander umarmen, einander massakrieren . . .

Von überall kommen Reisende gelaufen, sie sind einander auf den Fersen wie Seidenraupen, die übereinander eine Mauer hochklettern, oder wie Ameisen, die Köpfe von Trocken- oder Pökelfisch wegtragen. Sie sind schön gekleidet und mit leeren Händen. Aber sie kommen von überall herbeigelaufen und strecken die Hälse um die Wette, denn sie wollen die Umarmung und das Massaker genießen. Längst spüren sie schon auf der Zunge den salzigen Geschmack von Schweiß und Blut der bevorstehenden Tat.

Und die beiden stehen einander gegenüber, in der grenzenlosen Einöde, gänzlich nackt und mit scharfem Schwert, ohne einander zu umarmen oder zu massakrieren, ja, sie zeigen nicht einmal Anzeichen, daß sie einander zu umarmen oder massakrieren gedenken.

So verharren sie bis in alle Ewigkeit, und ihre Körper, einst voller Lebenskraft, sind längst blutleer, und die beiden zeigen nicht die geringsten Anzeichen, daß sie einander zu umarmen und zu massakrieren gedenken.

Und die Reisenden beginnen in Langeweile zu verfallen; sie fühlen, wie Langeweile in ihre Poren dringt, wie sie sich von ihren Herzen durch die Poren herauszwängt, in die Einöde kriecht, die Einöde befällt und von dort in die Poren ihrer Mitmenschen schlüpft. Und sie spüren die Trockenheit von Kehle und Zunge, und auch die Müdigkeit ihres Nackens; bis sie zu guter Letzt einander enttäuscht anschauen und langsam auseinander zu gehen beginnen; ja, sie fühlen sich gar so ermattet, daß sie alle Lebensfreude verloren haben.

So bleiben in der grenzenlosen Einöde nur die beiden zurück, gänzlich nackt, das scharfe Schwert in Händen stehen sie blutleer da; mit den Augen von Toten genießen sie die Auszehrung der Reisenden, das blutlose Massenmassaker, und für immer versinken sie im Anblick des scheidenden Lebens in frohlockendem Jubel.

20. 12. 1924

Hoffnung

Mein Herz ist über die Maßen einsam.
Aber mein Herz ist ruhig: Es kennt weder Liebe noch Haß, weder Freude noch Leid, nicht einmal Farben oder Töne.
Vielleicht werde ich alt. Mein Haar ist bereits grau und ebenso offensichtlich zittern meine Hände. Dann müssen auch die Hände meiner Seele zittern, und auch ihr Haar muß längst ergraut sein.
Aber das hat schon vor vielen Jahren begonnen.
Vordem war mein Herz auch einmal erfüllt mit blutigen Gesängen: Blut und Eisen, Flamme und Gift, Rache und Erneuerung. Aber mit einem Mal war das alles nichtig, und manchmal nährte ich mein Herz absichtlich mit der hilflosen Hoffnung des Selbstbetruges. Hoffnung, Hoffnung, mit dem Schild der Hoffnung widerstand ich den Überraschungsangriffen der Finsternis aus der Leere, auch wenn selbst hinter dem Schild immer noch die Finsternis der Leere herrschte. Auf diese Weise habe ich nach und nach meine Jugend verschwendet.
Natürlich wußte ich darum, aber ich wähnte, um mich herum mache sich doch überall Jugend fest: die Sterne, der Mond, Schmetterlinge, die unbeweglich herunterfallen, Blumen im Dunkel, das böse Omen der Eulen, das Rufen des Kuckucks, das erst im Blutspucken endet, das Unbestimmte des Lächelns, der entrückte Tanz der Liebe ... Und wenn auch voller Melancholie und unbehaust, so wäre es doch immer noch Jugend.
Aber warum ist mir jetzt so einsam? Ist etwa selbst die Jugend um mich entschwunden und alle Jugend der Welt abhanden gekommen?

So ist es an mir, die dunkle Nacht in der Leere anzugehen. Ich lege den Schild der Hoffnung nieder und vernehme Sandor Petöfis Lied »Hoffnung«:

Was ist Hoffnung? Eine feile Dirne:
Jeden lockt sie, gibt sich allen hin;
Hast du ihr den reichsten Schatz geopfert –
Deine Jugend – da verläßt sie dich.

75 Jahre sind es bereits her, daß der große Dichter und ungarische Patriot für sein Vaterland unter den Speerspitzen des Kosakenheeres sein Leben gelassen hat. Traurig fürwahr sein Tod, aber noch trauriger, daß seine Gedichte überlebt haben.

Schmähliches Leben! Auch ein unbeugsamer Held wie Petöfi hielt schließlich auf seinem Weg vor der dunklen Nacht inne und wandte seinen Blick zurück in die Weite des Ostens. Er sagte:

»Die Verzweiflung trügt wie die Hoffnung.«

Wenn ich weiter in diesem »trügerischen« Halbdunkel dahinvegetieren soll, dann will ich mich wieder auf die Suche nach der entschwundenen Jugend begeben, die voller Melancholie und unbehaust war, mag sie auch noch so fern von mir sein. Denn wenn die Jugend fern von mir erst einmal erloschen ist, werden die absterbenden Kräfte in mir keinen Halt mehr kennen.

Nun gibt es aber weder Sterne noch Mond, weder unbeweglich heruntergefallene Schmetterlinge noch das Unbestimmte des Lächelns, oder gar den entrückten Tanz der Liebe. Die Jugend ist ruhig.

So ist es an mir, gegen die dunkle Nacht in der Leere anzugehen, und selbst wenn sich die Jugend fern von mir nicht finden ließe, so muß ich doch die absterbenden Kräfte in mir überkommen. Aber wo ist die dunkle Nacht? Jetzt gibt es keine Sterne, keinen Mond, auch nicht das Unbestimmte des Lächelns oder den entrück-

ten Tanz der Liebe; die Jugend ist ruhig, und vor mir liegt nicht einmal eine wirklich schwarze Nacht.
Die Verzweiflung trügt wie die Hoffnung!

1. 1. 1925

Das Gedicht von Sandor Petöfi wird, leicht verändert, zitiert nach *Gedichte von Alexander Petöfi*. Aus dem Ungarischen von Dr. J. Goldschmidt, Leipzig 1883 (Reclam), S. 146 (Anm. d. Hg.).

Schnee

Der Regen in den warmen Regionen Südchinas wird nie zu kalten, festen und aufleuchtenden Schneeflocken. Studierte Herren halten ihn für monoton, aber begreift er sich selbst als Unglück? Der Schnee südlich des Yangzi ist ganz feucht und überaus schön: das Vorzeichen der Jugend, die im Verborgenen reift, die kräftige Haut eines noch unberührten Mädchens. In der Weite des Schnees gibt es blutrote Kamelien, einzelblütigen Prunus: Grün verbirgt sich da in Weiß, und dunkelgelbe Winterpflaumen, die sich zu wachsähnlichen Glocken öffnen; unter dem Schnee findet sich außerdem noch kalt anmutendes, grünes Unkraut. Schmetterlinge gibt es keine, ob aber Bienen dort den Honig der Kamelien und des Prunus sammeln, daran vermag ich mich nicht klar zu erinnern. Doch vor meinen Augen öffnen sich in der Weite des Schnees Winterblüten, zahllose Bienen umschwirren sie geschäftig, und auch ihr lautes Summen ist hörbar.

Kinder hauchen in ihre kleinen Hände, die wie purpursprossiger Ingwer rotgefroren sind, sieben oder acht versuchen gemeinsam, einen Schnee-Buddha zu bauen. Da es nicht so recht gelingen will, kommt auch einer der Väter herbeigeeilt. Nun ist der Schnee-Buddha größer als die Kinder. Wenn auch das Gebilde oben kleiner und unten weiter ist, so daß der Buddha letzten Endes nicht von einer Kalebasse zu unterscheiden ist, so ist er in seiner Weiße von glänzender Schönheit. Die eigene Feuchtigkeit hält ihn zusammen, und der ganze Boden wirft funkelnden Glanz. Die Kinder setzen Drachenaugenkerne als Augen ein, zum Bemalen der Lippen haben sie sich aus Mutters Schminkkästchen Rouge gemopst. Jetzt ist es tatsächlich ein Riesen-Buddha. Mit blitzenden Augen und knallroten Lippen thront er inmitten der Schneelandschaft.

Am nächsten Tag gehen ihn noch ein paar mehr Kinder besuchen; sie klatschen und nicken ihm zu, sie lachen ihn an. Aber er sitzt da für sich allein. An sonnigen Tagen schmilzt die obere Schicht, in kalten Nächten formt sich eine Eisschicht, so daß er zu einem undurchsichtigen Kristall wird; mehrere sonnige Tage hintereinander verunstalten ihn bis zur Unkenntlichkeit, auch das Rot auf den Lippen ist verblichen.

Aber Schneeflocken im Norden, auch wenn sie dick und schnell fallen, pappen nicht zusammen, sie bleiben für unbestimmte Zeit wie Pulver oder Sand auf den Dächern, auf der Erde, auf verwelktem Gras zerstreut liegen. Der Schnee auf den Dächern schmilzt am ehesten, wegen der Feuerwärme in den Häusern. Der übrige Schnee fliegt an sonnigen Tagen, wenn plötzlich ein Wirbelwind kommt, kraftvoll auf, im Sonnenlicht strahlt er glitzernd wie dichter Nebel, der eine Flamme verborgen hält, wirbelnd fährt er auf und füllt den ganzen Himmel, so daß der Himmel selbst ins Wirbeln gerät und auffahrend zu leuchten beginnt.

In grenzenloser Weite unter kaltem Firmament wirbelt blitzend der Geist des Regens auf ...

Ja, das ist der einsame Schnee, der verstorbene Regen, der Geist des Regens.

18. 1. 1925

Freie Meinungsäußerung

Mir träumte, ich befände mich in dem Klassenzimmer einer Grundschule bei der Vorbereitung zu einem Aufsatz und bat zu diesem Zweck den Lehrer um Aufklärung, wie eine Meinungsäußerung zu erfolgen habe.

»Schwierig!« meinte der Lehrer und warf mir von der Seite über den Brillenrand einen Blick zu. »Ich erzähle dir eine Begebenheit –

In einer Familie wurde ein Sohn geboren, und es herrschte im ganzen Haus eitel Freude. Nach Ablauf eines Monats eilte man, ihn den Gästen zu zeigen – natürlich auch in dem Wunsche, etwas Erfreuliches geweissagt zu bekommen.

Einer sagte: ›Das Kind wird reich werden.‹ Daraufhin dankte man ihm herzlich.

Ein anderer meinte: ›Das Kind wird einmal Beamter.‹ So bekam er Schmeicheleien zu hören.

Und ein Dritter: ›Das Kind wird einmal sterben.‹ Schmerzhafte Prügel der gesamten Familie war die Antwort.

Zu sagen, das Kind werde einmal sterben, entspricht dem notwendigen Gang der Dinge, aber zu sagen, es werde reich oder Beamter, hat mit der Wahrheit wenig zu tun. Doch für Lügen wird man belohnt, für die Wahrheit bezieht man Prügel. Du . . .«

»Ich will weder ein Lügner sein noch Prügel beziehen. Was muß ich also sagen?«

»Am besten sagst du: ›Ach, das Kind! Schau doch nur! Wie ist es . . . Ach! Ha, ha! Ho, ho! Ho, hohohoho!‹«

8. 7. 1925

Erleuchtung

Flugzeuge haben die Mission, Bomben zu werfen; wie wenn sie in den Schulunterricht müßten, erscheinen sie jeden Vormittag über Peking.[1] Bei jedem Luftangriff spüre ich eine leichte Anspannung, als ob ich den Angriff des »Todes« leibhaftig vor Augen sähe, aber gleichzeitig empfinde ich auch die Existenz des »Lebens« in aller Tiefe.

Nach schwach vernehmbaren Explosionen ist nur noch das Dröhnen der Flugzeuge zu hören, die langsam abdrehen. Vielleicht hat es Tote gegeben, aber es scheint nun auf Erden nur noch friedlicher zuzugehen. Die zarten Blätter der Pappel vor dem Fenster schimmern im Sonnenlicht dunkelgold; der Prunusbaum ist in seiner Blüte noch prächtiger als gestern. Ich sammle die wahllos übers ganze Bett verstreuten Zeitungen auf und wische den feinen Staub fort, der seit gestern abend auf meinem Schreibtisch liegt, meine kleine quadratische Studierstube bietet nun auch heute wieder die sogenannten »blanken Fenster, sauberen Tischchen«.

Aus bestimmtem Anlaß[2] beginne ich mit dem Redigieren der Manuskripte junger Autoren, die seit langem überfällig sind; ich will mit ihnen reinen Tisch machen. Ich sehe sie nach der Jahres- und Monatsfolge durch, und die unverstellten Seelen Jugendlicher erscheinen vor meinem geistigen Auge. Anmutig ist ihre Erscheinung und lauter ihr Wesen – ja, aber sie sind betrübt, sie klagen, sind zornig und sie haben sich verhärten lassen.

Verhärtet haben sich ihre Seelen in den Angriffen der Sandstürme, denn es sind die Seelen von Menschen, Seelen, die ich liebe; küssen möchte ich ihre Verhärtungen, die unsichtbar Blut gelassen haben. In berühmten Gärten, deren Landschaft sich im Unbestimmten verliert, erblühen wunderbare Blumen, rotwangige Mädchen von verhaltenem Wesen ergehen sich dort, unbeschwert und ungebunden, Kraniche schreien und weiße Wolken erheben sich üppig ... Natürlich vermag das einen in Taumel zu versetzen, aber in mir ist eingeschrieben, daß ich mitten in der Gesellschaft lebe.

Da kommt mir eine Begebenheit in den Sinn: Vor zwei, drei Jahren betrat ein Jugendlicher, der mir unbekannt war[3], das Vorbereitungszimmer für Lehrkräfte an der Peking-Universität, er gab mir schweigend ein Bücherpaket und ging dann wieder. Ich öffnete das Päckchen und fand eine Ausgabe der Vierteljahreszeitschrift für Kunst »Kleine Gräser« darin. Nun verstand ich die Beredsamkeit seines Schweigens. Ja, wie reich war doch dieses Geschenk! Bedauerlicherweise haben die »Kleinen Gräser« ihr Erscheinen eingestellt, als wenn sie lediglich das Vorspiel zu der Wochenzeitschrift für Kunst »Versunkene Glocke«[4] gewesen wären, die inmitten des grenzenlosen Sandsturmes tief am Grund der Menschenmeere tönt.

Eine Distel, auch wenn sie so gerupft worden ist, daß sie vor dem Verdorren steht, bringt immer noch eine kleine Blüte hervor. Tolstoi hat das so ergriffen, daß er aus diesem Grunde eine Erzählung verfaßt hat.[5] Aber Pflanzen, die in ausgetrockneten Sandwüsten ihre Wurzeln mit aller Macht weit in die Tiefe strecken, um Wasser zu saugen, bringen natürlich nur um des eigenen »Lebens« willen ein dunkelgrünes Dickicht hervor. Wanderer jedoch, von ihrem Weg völlig ausgezehrt, meinen freudigen Blicks sogleich, zufällig auf eine zeitweilige Ruhestätte gestoßen zu sein. Eine Sache der Dankbarkeit nicht nur, sondern auch der Trauer!?

In der Dezembernummer der »Versunkenen Glocke« findet sich – stellvertretend für eine Vorbemerkung –, unter der Überschrift »Ohne Titel«, die folgende Bemerkung: »Jemand hat gesagt: Unsere Gesellschaft ist eine Sandwüste. – Wenn es sich tatsächlich um eine Sandwüste handelt, so müßte sie doch nicht nur Öde, sondern auch Ruhe bieten, nicht nur Einsamkeit, sondern auch das Gefühl grenzenloser Weite. Wie könnte es sonst zu diesem Chaos, diesem Dunkel und diesem seltsamen Hin und Her kommen!«

Ja, die Seelen der Jugend vor meinem geistigen Auge sind alle bereits verhärtet oder sind dabei, sich verhärten zu lassen, aber ich liebe diese Seelen, die Blut geben und im stillen leiden, denn so habe ich das Gefühl, in der Gesellschaft zu sein, in der Gesellschaft zu leben.

Bei der Redigierung der Manuskripte ist unbemerkt die Sonne untergegangen, unter Lampenschein setze ich die Arbeit fort. Frühlinge jeglicher Art eilen an meinem Auge vorüber, aber umgeben bin ich von Dämmerung. Erschöpft rolle ich Zigarettenpapier zwischen den Fingern, leise schließe ich inmitten von undefinierbaren Gedanken die Augen und träume lange vor mich hin. Plötzlich schrecke ich auf, immer noch von Dämmerung umgeben. In der stillstehenden Luft steigt der Rauch wie Siegelschriftzeichen empor, Sommerwölkchen, die langsam eine schwer auszumachende Gestalt annehmen.

10. 4. 1926

1 Im April 1926 kam es bei den bürgerkriegsähnlichen Auseinandersetzungen zwischen der Nationalarmee unter Feng Yuxiang und den Kriegsherren des Nordens, Zhang Zuolin und Li Jinglin, zur Bombardierung von Peking, wo sich zeitweilig das Hauptquartier der Nationalarmee befand.

2 Gemeint ist hier die Verfolgung, der Lu Xun zu dieser Zeit ausgesetzt war und die ihn u. a. dazu trieb, im deutschen Krankenhaus von Peking Zuflucht zu suchen.

3 Es handelt sich hier um den Lyriker Feng Zhi (s. S. 94), der damals an der Peking-Universität für chinesische Literatur eingeschrieben war und zu den Redakteuren der Zeitschrift »Kleine Gräser« gehörte.

4 Titel von Feng Zhi, gewählt nach einem Theaterstück von Hauptmann.

5 Im Prolog seiner Erzählung *Chadži-Murat* (deutsch unter dem Titel *Chadshi-Murat* bzw. *Hadschi-Murat* erschienen) würdigt Tolstoi die Lebenskraft der Distel, Symbol des Helden Chadži-Murat. (Anm. d. Hg.)

Feng Zhi

Feng Zhi, 1906 in der Nähe von Peking geboren, ist vor allem als Chinas bedeutendster Germanist (Professor an der Peking-Universität) und neben Guo Moruo als bedeutendster Übersetzer deutscher Literatur (Goethe, Heine, Nietzsche, Rilke) bekannt. Für diese Tätigkeit ist er 1983 mit der Goethe-Medaille geehrt worden. Sein eigenes literarisches Werk ist schmal und kulminiert nach dem Studium und der Promotion in Berlin (1930-1935) in den berühmten 27 Sonetten. Obwohl diese den Einfluß Rilkes zu erkennen geben, hat ihr Autor die Wahl der Sonettform für zufällig erklärt und sich später von ihnen distanziert (1948), wohl in weiser Voraussicht kommender Kulturpolitik. Feng Zhi verfaßte sie 1941, als er in den Bergen nahe Kunming lebte und zweimal die Woche den weiten Weg in die Stadt machen mußte, um dort Vorlesungen über Goethe und Rilke zu halten. Die Sonette, die trotz ihrer oft simplen Sprache zum Metaphysischen tendieren, zeigen jedoch nicht nur eine Nähe zu Rilke, sondern stehen auch deutlich unter dem Einfluß des von Feng Zhi verehrten Lu Xun (diesem ist ein Sonett gewidmet), dessen Philosophie des Weges (s. die berühmte Erzählung »Meine Heimat«) hier in der Dialektik von Pfaden und Menschen wiederaufersteht.

Sonette

I

Wir sind bereit, tief zu empfangen
All die unerwarteten Wunder,
In den langen Jahren plötzlich
Das Erscheinen eines Kometen, das erste Wehen eines starken Windes:

Unser Leben in diesem Moment
Scheint in erster Umarmung,
Freud und Leid der Vergangenheit plötzlich vor Augen
Erstarrt zu hoher, unbeugsamer Gestalt.

Wir preisen die Insekten,
Sie vereinigen sich einmal
Oder widerstehn einer Gefahr,

Beenden so ihr wunderhaft schönes Leben.
Und wir mit unserem ganzen Dasein empfangen
Das erste Wehen eines starken Windes, das Erscheinen eines Kometen.

II

Was immer von unseren Körpern abfallen mag,
Wir lassen es zu Staub werden:
Wir geben uns eine Ordnung in dieser Zeit
Wie Bäume im Herbst, die

Ihre Blätter und späten Blüten dem Wind
Überlassen, um frei ihre Stämme hineinzustrecken
In den strengen Winter; wir geben uns eine Ordnung
In der Natur wie die Zikaden, die sich häuten,

Sie lassen ihre überzählige Haut in Sand und Erde
zurück;
Wir geben uns eine Ordnung für
Die kommenden Tode wie die Strophe eines Liedes;

Sind die Stimmen vom Körper der Musik abgefallen,
Bleibt nur der Körper selbst,
Verwandelt in eine schweigsame Kette blauer Berge.

VII
In warmem Sonnenlicht
Verlassen wir die Stadt[1],
Ungleiche Flußwasser,
Die zu einem Meer werden.

Dasselbe Erwachen
In unserem Herzen,
Dasselbe Schicksal
Auf unseren Schultern.

Gemeinsam ist uns ein Gott,
Der um uns Sorge trägt:
Bis die Gefahr vorbei ist,

Haben uns die Wege
Aufgesogen,
Ein Meer, das sich in Flüsse teilt.

1 Nach Angaben des Dichters wegen japanischer Luftangriffe auf Kunming.

VIII

Es ist ein Traum aus alter Zeit
Und eine unstimmige Welt vor Augen,
Ich möchte auf dem Vogel Rokh fliegen,
Um mit den friedlichen Sternen zu reden.

Tausend Jahre hat der Traum gewartet
Wie ein alter Mann auf einen idealen Nachkommen –
Nun fliegt jemand zu den Sternen,
Aber das Unstimmige der Welt geht mit ihm.

Oftmals, um den Lauf und Fall
Der Sterne zu erlernen,
Geben sich die Menschen die Ordnung von Gestirnen,

Und stürzen einem Licht gleich ins Leere.
So wird der alte Traum
Zum Meteor in lebloser Landschaft.

IX

Lange Jahre bist du herangewachsen zwischen Leben
und Tod,
Eines Morgens kehrst du zurück in diese abgefallene
Stadt,
Vernimmst die unbedarften Lieder,
Vielleicht wie ein Heros aus alter Zeit,

Der nach tausend Jahren plötzlich heimkehrt
Und an den abgelebten Nachkommen,
Vielleicht überrascht, vielleicht verwirrt,
Vergeblich Zeichen besserer Zeiten sucht.

Auf dem Schlachtfeld unsterblich,
Bist du in einer anderen Welt, dem Unendlichen
ausgesetzt,
Ein Papierdrache mit gerissener Schnur:

Nein, zürne nicht deinem Schicksal,
Einmal über die Lebenden hinaus, vermag niemand
mehr
Dich zu binden: die Weite fange deine Reise auf.

XV

Schau, Karawanen Zug um Zug
Bringen Güter aus der Ferne,
Vielleicht trägt auch das Wasser seinen Schlamm
Aus namenloser Weite,

Vielleicht vermag auch der Wind aus zehntausend Meilen
Die Seufzer fremder Länder zu rauben:
Wir haben zahllose Landschaften durchquert,
Manchmal besaßen wir sie, manchmal verwarfen wir sie,

Wie ein Vogel hoch am Himmel,
Der mal die Leere beherrscht,
Mal das Nichts atmet.

Was ist unsere Realität?
Von weit her läßt sich nichts bringen,
Von hier läßt sich nichts fortnehmen.

XVI

Wir stehen zusammen auf hohem Gipfel
Und werden zur Ferne, die wir nicht schauen können,
Zur weiten Ebene vor uns,
Zu Pfaden, die sich kreuzen.

Alle Wege und Wasser gehören einander,
Jeder Wind, jede Wolke ist Ruf und Antwort:
Die Städte und Landschaften, einmal durchquert,
Werden alle zu unserem Leben.

Unser Sein, unser Schmerz
Ist eine Kiefer auf ungenannten Hängen,
Ein dichter Nebel über irgendeiner Stadt;

Wir gehen hin mit dem Wehen des Windes und dem
Fließen des Wassers,
Werden zu Pfaden in den Ebenen,
Zum Leben unterwegs.

XVII

Du sagst, am liebsten schaust du in der Ebene
Die lebensvollen Pfade,
Es sind die zahllosen Schritte namenloser Passanten,
Die diesen Wegen ihr Leben gaben.

In der Ebene unseres Herzens
Gibt es auch gewundene Pfade,
Doch einmal vorübergegangen,
Haben sich die Wanderer für immer verloren:

Einsame Kinder, weißhaarige Paare,
Frauen und Männer jung an Jahren,
Und Freunde, längst tot, sie alle

Haben in uns diese Wege geschaffen;
Wir bewahren ihre Schritte,
Damit die Pfade nicht verwildern.

XVIII

Wir haben oft eine vertraute Nacht durchmessen
In einem fremden Raum, niemand
Kannte seinen Tag,
Seine Vergangenheit und Zukunft; die Ebene

Öffnet sich unfaßbar vor unserem Fenster,
Wir erinnern nur spärlich unseren Weg
Aus der Finsternis, seine Schwärze ist alles, was wir
wissen,
Morgen gehen wir und kehren nicht wieder zurück.

Schließ die Augen! Laß die vertrauten Nächte
Mit den fremden Orten in unseren Herzen eins werden:
Unser Leben ist wie die Ebene vor dem Fenster,

In ihrer Unfaßbarkeit erkennen wir
Einen Baum, das Aufblitzen eines Sees, grenzenlos
Birgt sie der Vergangenheit Vergessen, der Zukunft
Verschlossenheit.

XIX

Wir winken einander zu, mit dem Abschied
Teilt sich unsere Welt in zwei,
Die Körper erkalten, vor den Augen plötzlich Weite:
Wir sind Kinder nach der Geburt.

Ja, einmal Abschied, einmal Geburt,
Wir tragen die Bitternis der Arbeit,
Machen aus der Kälte Wärme, das Fremde vertraut,
Jeder entwirft seine unbehauste Welt

Für ein Wiedersehen, wie beim ersten Mal,
Wo das Vergangene dankbar in die Erinnerung fiel,
Wie beim ersten Mal, wo die Leben von einst vor uns
hintraten.

Zahllos sind die Frühlinge und Winter,
Aber wir spüren nur den Wandel der Zeiten
Und nicht des Lebens Spanne.

XX

So viele Gesichter, so viele Stimmen,
Eine Wirklichkeit in unseren Träumen,
Ganz gleich, ob vertraut oder fremd:
Es sind die Einteilungen unseres Lebens,

Wird nicht jede Existenz
In ihrer Hingabe Blüte oder Frucht?
Wer kann sein Leben verfügen
Vor einer Nacht endlos wie Wasser,

Wer kann seine Stimme und sein Gesicht
Nur in vertrauten Träumen bewahren?
Unzählig waren wir

Widerspiegelungen am weiten Himmel,
Gaben den Bootsleuten und Wanderern in der Wüste
Neue Nahrung für ihre Träume.

XXI

Wir vernehmen in ungeheuren Winden die Gewalt des Regens,
Wir stehen unter dem Lampenlicht allein,
Selbst in dieser kleinen Strohhütte
Trennen sich die Werkzeuge

Von uns auf zehntausend Meilen:
Der Kupferkessel will zurück in die Mine tiefer Berge,
Der Tontopf verlangt nach dem Flußschlamm,
Sie alle sind Vögel in Wind und Regen,

Ein jedes verliert sich auf seinem Weg. Wir halten uns fest umarmt,
Als hätten wir keine Macht über uns.
Der ungeheure Wind bläst alles in den hohen Himmel,

Der Regen kehrt alles in den Schlamm,
Es bleibt nur das schwache Lampenrot,
Um unserer flüchtigen Existenz Beweis zu sein.

XXII

Die tiefe Nacht und der tiefe Berg
Vernehmen die Dichte des Regens.
Auf zehn Meilen ein Dorf,
Auf zwanzig Meilen der Lärm einer Stadt.

Ist ihnen ihre Existenz noch gegeben?
Die Landschaft vor zehn Jahren,
Die Illusionen vor zwanzig Jahren
Sind alle im Regen verstummt.

Die Welt ist schmal geworden,
Jeder Weg eine Rückkehr in den Mutterleib;
Gott, ich bete zu dir in tiefer Nacht

Wie ein Mensch in der Vorzeit:
»Gib meinem schmalen Herzen
Ein großes Universum!«

XXIII

Unaufhörlich fiel Regen einen halben Monat,
Seit eurer Geburt
Kennt ihr nur Feuchtigkeit und Finsternis,
Eines Tages teilten sich plötzlich die Regenwolken

Und Sonne füllte die Wand,
Ich sah die Mutter euch ins Licht heben,
Sie hob euch mit der Schnauze ins Licht,
So daß euer Körper

Das erste Mal Wärme und Helligkeit empfing,
Im Abendlicht hob sie
Euch wieder zurück, ihr habt keine

Erinnerung, aber dieser Moment
Ersteht vielleicht in künftigem Gebell,
Wenn ihr in tiefer Nacht das Licht herbeiruft.

XXIV

Hier vor langer Zeit
Scheint es überall schon
Unser Leben gegeben zu haben;
Vor unserer Geburt

Hat bereits ein Lied
Aus unwägbarem Himmel,
Aus grünem Gras und grüner Kiefer
Unser Schicksal besungen.

Unsere Mühsal wiegt schwer,
Wie könnten wir hier
Dieses Lied vernehmen?

Schau das kleine Insekt,
In seinem Aufflug
Ist es immer wieder ewiges Leben.

XXV

Auf dem Pult liegen ausgebreitet die Arbeitsmittel,
In den Fächern die Bücher,
Den ganzen Tag inmitten dieser stillen Dinge
Waren wir unaufhörlich in Gedanken;

In Worten gibt es keine Lieder,
In Bewegungen keinen Tanz,
Vergeblich fragen wir die Vögel vor dem Fenster,
Warum sie ihre Flügel ausbreiten und in den Himmel fliegen.

Nur wenn der Körper schläft,
Erhebt sich in der Stille der Nacht ein Rhythmus,
Luft hat ihre Freude inmitten des Körpers,

Meeressalz spielt im Blut –
Und im Traum vernehmen wir vielleicht
Die Zurufe von Himmel und Meer.

XXVI

Tag für Tag gehen wir den vertrauten Weg
Zurück zu den Orten unseres Bleibens;
Doch in diesem Wald sind verborgen
Viele kleine Pfade, tief und fremd.

Auf unbekannten Wegen befällt uns Unruhe,
Jeder Schritt, fürchten wir, geht in die Irre,
Bis aus einer Lichtung unwillkürlich
Der Ort unseres Verweilens aufscheint

Wie eine neue Insel, die am Himmelsrand hervortritt.
Auch an uns fordern zahllose
Dinge ihre Entdeckung:

Denke nicht, alles sei vertraut,
Wenn du in deiner Abschiedsstunde Haar und Haut berührst,
Willst du wissen, wessen Körper das sei.

XXVII

Aus der Formlosigkeit überquellenden Wassers
Füllt der Wasserträger seine ovale Flasche
Und gibt dem Wasser seine Form;
Schau, der Wimpel im Herbstwind

Hält unhaltbare Dinge,
Das Licht in der Ferne, die ferne Nacht
Und ferner Pflanzen Wuchs,
Und auch noch das Herz, das ins Unendliche strebt,

Sie alle sind bewahrt auf diesem Wimpel.
Wir haben vergeblich der Nacht den Wind abgelauscht,
Umsonst dem Tag das Gelb der Pflanzen, das Rot der Blätter mit Blicken geraubt,

Wohin also geben wir unser Denken?
Laß diese Gedichte einem Wimpel gleich
Das Nichtzubewahrende bewahren.

Bian Zhilin

Bian Zhilin (geb. 1910), nach eigener Aussage aus kleinbürgerlichen Verhältnissen kommend, wuchs in der Provinz Jiangsu auf. Nach dem Schulbesuch in Shanghai beginnt er 1929 an der Peking-Universität das Studium des Englischen und Französischen. Die Übersetzung moderner westlicher Poesie und wesentlicher Arbeiten über Dichtkunst findet einen Niederschlag in dem eigenen lyrischen Werk, das Einflüsse von Eliot, Yeats, Rilke, Valéry, Auden und Aragon aufweist. Als seine fruchtbarste Zeit gelten die Jahre 1930 bis 1937. Die Gedichte dieser Periode haben Bian Zhilin den Ruf eines metaphysischen Dichters eingebracht. Wie bei Feng Zhi tendiert auch hier die Sprache trotz aller Schlichtheit dazu, zwischen Mensch und den alltäglichen Dingen eine metaphysisch überhöhte Beziehung herzustellen. Auffallend ist dabei die Depersonalisierung, die im Deutschen jedoch nicht nachvollziehbar ist. Der Gang nach Yan'an 1938 beendet die metaphysische Phase und läßt den Dichter Lyrik als Mittel politischer Veränderung begreifen. Bian, der Ende der vierziger Jahre in Oxford studiert hat, hat viele seiner eigenen Gedichte auch ins Englische übertragen und ihnen dabei oft eine Dimension gegeben, die sie im Chinesischen nicht haben. Nach verschiedenen Professuren arbeitet Bian Zhilin heute als Fachmann für ausländische Literatur an der chinesischen Akademie für Sozialwissenschaften.

Die Traurigkeit des Meeres

Das Meer beim Abschied,
  Es schüttelte mich:
»Geh, ein Moment Schlaf nur, und schon in der Ferne,
  Über Land zu reisen, ist auch gut.

Fürchte nicht meine Abwesenheit,
  Wenn du krank bist,
Und es ist niemand bei dir,
  Sag es den weißen Wolken.

Vergiß nicht, ich bin dir gut,
  An den blauen Himmel schicke ich dir
Ein kleines Blatt,
  Das treibt als Silbersegel vor dein Fenster.«

Heute nun befällt mich Heimweh,
  Ich klage es den weißen Wolken;
»Der Herbst ist gekommen«, die Antwort,
  »Auch das Meer ist krank.«

Halbinsel

Die Halbinsel ist die zarte Hand des Festlands,
Sie weist in die Ferne zu den drei heiligen Inseln.
Wasser umgibt den kleinen Turm auf drei Seiten:
Zum Schauen ist es da, nicht zum Trinken.
Eine Quelle rauscht in den Hof,
Vor dem Tor ruhen noch immer die Fußspuren.
Das Licht, das du gestern abend
Aus der Ferne sahst, das war hier.
Versteck das Meer in den Fensterrollos,
Damit nicht der Fremde in der Ferne Segel hißt.

Das Riedschiff

Der kalte Wind eines alten Landes
Hat den Palmenfächer aus der Hand geblasen,
Wer jetzt im Meer eintaucht,
Sollte auch ans Land kommen
Und das Badezeug ablegen.

Zurück bleiben am Strand
Ein, zwei Reihen Fußabdrücke,
Laß die Muscheln von ihnen Besitz ergreifen.

Es gebe keine Muscheln,
Doch dem unfügsamen Kind träumt immer noch,
In der Muschel, die vom Meer kam,
Das Meer zu hören –

So schäm dich!
Jetzt ist die Zeit, die gelben Blätter
Auf dem Wasser treiben zu sehen.
Denk nicht mehr
An das Riedschiff vor zehn Jahren,
Es ging irgendwohin.

Ist denn der Fremde aus der Ferne der Meere
Auch müde, ferne Segel zu schauen?

17. August 1933

Weite Reise

Wenn wir auf Kamelen wellengleich
In eine tief schlafende Wüste strömen,
Und wenn Glöckchen
Die Einsamkeit der Dämmerung befallen,

Dann schlagen wir – wo immer – die Zelte auf,
Damit die Mühsal in tiefem Schlaf endet,
Ein großer Kübel voller Bitterkeit und Süße
Taucht unseren ganzen Körper ein:

Nein, wir scheren uns nicht um den Traum von Oasen,
Wir sind längst trunken;
Käme ein Orkan mit Sand und Steinen, um uns verstohlen
Zu begraben, es wäre recht so.

(1931)

Zigarettenstummel

Beiläufig einen Zigarettenstummel weggeworfen,
Der Blick folgt in der Tiefe einer Rauchschwade
An fernem Meereshorizont
Entschwindet sie langsam – wie geht's dem Herrn
jenseits des Himmels?

Der Herr mit seinem Allotria
Hält am Rande des Beiläufigen Wache:
Allein vor dem Zigarettenstummel auf dem
Ziegelsteinboden
Murmelt er nicht einmal »Einsam erhebt sich über der
Wüste Rauch«.

Das Zitat in der letzten Zeile stammt aus Wang Weis (699-759) Gedicht *Auf Mission zu den Grenzpässen* (Shi zhi sai shang) (Anm. d. Hg.).

Bahnhof

Heraus, heraus aus meinem Traum
Ist wieder ein Nachtzug gezogen. Dies ist die
Wirklichkeit.
Die Alten beseufzten am Fluß das Kommen und Gehen
der Wasser;
Ich aber bin wie eine Zugreklame.
Kind, hör die Bienen gegen die Fenster stoßen,
Nagel einen Schmetterling lebendig an die Wand
Zur Dekoration meiner Realität hier.
Einst spielten sie die zarten Sprungfedern eines Bettes,
Einst hießen sie mich von kleinen Erdbeben träumen,
Die Schläge meines Herzens,
Sind sie nun das Stampfen des Zuges?
Nein, ich bin kein Bahnhof für Träume!

(1937)

Gras auf der Mauer

Um fünf Uhr ein Stück Abendsonne draufgestrichen,
Um sechs Uhr ein halbes Laternenlicht drangehängt,
Es gibt Leute, die ihre Tage
Bei der Betrachtung der Mauer träumend zubringen,
Das Gras wird unterdes lang und auch gelb.

19. Oktober 1932

Auszug

Du stehst auf der Brücke und betrachtest die Landschaft,
Wer die Landschaft betrachtet, steht auf einem Turm
und betrachtet dich.

Der helle Mond verschönt dein Fenster,
Und du verschönst den Traum eines dritten.

Oktober 1932 (?)

Das Wrackteil

Die Flut kam, und die Wellenkronen brachten ihr
Den Teil eines Wracks.
  Wortlos
Harrte sie auf der Klippe
Bis die Abendsonne ihr Haar
Auf das Wrackteil malte.
  Später
Erst schaute sie in die Ferne, wo am Ende des Meeres
Ein weißes Segel entschwand.
Die Flut sank, sie gab
Das Wrackteil
  Dem Meer zurück.

Dai Wangshu

Dai Wangshu (1905-1952?), gebürtig aus Hangzhou, studierte an der von französischen Jesuiten in Shanghai geleiteten Aurora-Universität französische Literatur und ging, unter dem Eindruck der romanischen Dichtung, 1932 nach Frankreich und Spanien, wo er mit den bekanntesten Dichtern seiner Zeit zusammentraf bzw. deren Werk kennenlernte (u. a. Aragon, Supervielle, Eluard, Jimenez, Lorca). Der Europa-Aufenthalt führte jedoch zunächst zu einer langen schöpferischen Pause und schließlich ab 1939 zu einer Abwendung von einer ästhetisierenden Wirklichkeitsgestaltung. Angesichts des chinesisch-japanischen Krieges, den der Dichter in Hongkong miterlebte und in dessen Folge er von den Japanern 1942 ins Gefängnis geworfen wurde, rückten die Themen der Zeit ins Zentrum der Dichtkunst. Nach seiner Rückkehr in die neugegründete Volksrepublik soll Dai an den Folgen des Gefängnisaufenthaltes zu Beginn der fünfziger Jahre gestorben sein. Neben Übersetzungen aus dem Französischen und Spanischen hat Dai Wangshu ein Werk von nur 88 Gedichten hinterlassen, das dennoch als Hauptwerk des chinesischen Symbolismus bzw. auch Modernismus gilt. Sowohl formal als auch inhaltlich läßt sich eine starke Nähe zu den französischen und spanischen Vorbildern feststellen. Dai gebührt das Verdienst, als erster die Sonettform (1927?) in China eingeführt zu haben, und vermutlich stellt auch das Gedicht »Kummer« das erste Beispiel eines französischen Rondeau in China dar. Für bald drei Jahrzehnte in Vergessenheit geraten, ist in den letzten Jahren Dai Wangshus Werk für die Diskussion um eine neue Lyrik wieder von Bedeutung gewesen.

Sonnenuntergang

Die Abendwolken überfluten den Himmel mit Brokat,
Die Fluten des Bachs strömen Gold im noch
verbliebenen Licht;
Mein dünner langer Schatten wirbelt über die Erde
Wie der einsame Schatten eines alten Baumes in den
Bergen.

Die Berge, purpurn vor Tränen,
Betrauern das ewige Ende des Tages;
Doch Blätter tanzen durch die Luft und heißen
Die Falten im Gewand der stillen Nacht willkommen,
jenen Hauch frischen Windes.

Aus verfallenen Gräbern steigt der Duft ferner
Vergangenheit,
Schlägt in Zweigen alter Bäume die Fledermäuse in
Bann;
Sie flüstern unentwirrbar, uneinsehbar,
Winden sich hin und her tief im Abenddunst.

Die dunkle Nacht kommt heimlich vom Himmelsende,
Voller Verlangen gehe ich ziellos umher;
In meinem einsamen Herzen habe ich wahrlich
Ausgelöscht die Trauer, ausgelöscht die Freude.

Bergwanderung

Wenn ich das Rosa deiner Morgenwolken sehe,
Spüre ich die tiefe Wehmut eines sinkenden Mondes,
Und Zorn, den Wolken bei Tage gleich,
Wirbelt auf in meinem Herzen.

Aber höre ich nicht deinen zarten Vogelruf,
Bin ich wie das Weinen fließender Wasser,
Und Tränen suchen meine Wimpern
Wie Tau, gefroren auf den Bergblumen.

Wir gehen auf ungewissem Bergpfad,
Wo der Duft unserer Träume auf die Kriegsgewänder fällt,
Wie jenes Morgenwolkenrosa, wie jener Vogellaut,
Wie deine nicht enden wollende, unentwirrbare Gesinnung.

Sonett

Nieselregen fällt auf das strähnige Haar deiner Schläfen,
Kleine Perlen unter grüne Meeresalgen gestreut,
Tote Fische von den Wogen dahingetrieben,
Und es blitzt ein unfaßbar düsteres Licht darin auf,

Es weist meine freudlose Seele
In den Schlaf: Königreich des Traumes Liebe und Tod,
Wo es eine goldene Luft gibt und eine purpurne Sonne,
Wo klägliche Geschöpfe glückliche Tränen auf ihre
Brust rinnen lassen;

Wie eine schwarze Katze, abgezehrt und kraftlos,
Strecke ich im düsteren Licht verhärmt meine Glieder,
Und schütte aus all meinen falschen und wahren Stolz,

So folge ich denn der Finsternis wankend im leichten
Dunst und verschwindenden Mond,
Wie der Schaum leichtroten Weines im Bernsteinglas,
Und verstecke meine Augen voller Liebe im Dunkel der
Erinnerung.

Gasse im Regen

Den Schirm aus Ölpapier aufgespannt, allein
Mit meiner Unruhe in einer endlosen, endlosen
Und verlassenen Regengasse,
Hoffe ich eine Frau zu treffen,
Die wie der Flieder
Ihre Wehmut trägt.

Ja, sie ist
Von der Farbe des Flieders,
Von dem Duft des Flieders,
Von der Melancholie des Flieders,
Im Regen ihre Wehmut,
Ihre Wehmut und Unruhe.

Unruhig läuft sie durch diese verlassene Regengasse,
Den Schirm aus Ölpapier aufgespannt
Wie ich,
Wie ich
Geht sie schweigend,
Teilnahmslos und in sich verloren.

Sie kommt näher,
Näher kommt sie
Mit seufzergleichen Blicken,
Sie gleitet vorbei,
Wie ein Traum,
Wie ein Traum: verlorene Anmut und flüchtig.

Wie ein Traum gleitet sie vorbei
Fliederzweigartig,

An meiner Seite gleitet diese Frau vorbei;
Schweigend entfernt sie sich, ist schon fort,
An der verödeten Hecke
Hat sie die Regengasse durcheilt.

In der Klage des Regens
Ist ihre Farbe verwischt,
Ist ihr Duft erloschen,
Fort ist sogar ihr
Seufzergleicher Blick,
Die fliedergleiche Wehmut.

Den Schirm aus Ölpapier aufgespannt, allein
Mit meiner Unruhe in einer endlosen, endlosen
Und verlassenen Regengasse,
Hoffe ich, vorüberzugleiten
An einer Frau, die fliedergleich
Ihre Wehmut trägt.

Meine Erinnerung

Meine Erinnerung ist verläßlich,
Verläßlicher als meine besten Freunde.

Sie haust auf der brennenden Zigarette,
Auf dem Pinsel, der grade Linien malt,
Auf der zerbrochenen Puderdose,
Auf dem Rosenbaum an zerfallener Mauer,
Sie haust auf einer halbgeleerten Weinflasche,
Auf einer zerrissenen Gedichtkladde längst vergangener Tage, auf gepreßten Blumenblättern,
Auf einer trüben Lampe, auf stillem Wasser,
Auf allen belebten und unbelebten Dingen,
Sie haust überall, so wie ich in dieser Welt.

Sie ist scheu und fürchtet den Lärm der Menschen,
Doch in Stunden der Stille sucht sie mich vertraut auf.
Sie spricht mit leiser Stimme,
Ihre Rede ist lang, sehr lang,
Lang und sehr genau, sie hält niemals inne:
Ihre Rede ist uralt, immer erzählt sie dieselben Dinge,
Ihre Stimme ist harmonisch, immer singt sie dieselben Lieder;
Manchmal ahmt sie den lieblichen Klang eines jungen Mädchens nach,
Eine Stimme voller Sanftheit,
Voller Tränen, voller Seufzer.

Ihr Kommen kennt keine Regel,
Keine Zeit, keinen Ort,

Oft kommt sie, wenn ich schon zu Bett bin und im
Halbschlaf vagen Gedanken nachhänge.
Oder sie wählt eine frühe Morgenstunde,
Unhöflich für andere,
Doch wir sind alte Freunde.

Nein, sie hält nicht inne,
Außer wenn ich traurig weine
Oder sehr tief schlafe,
Aber nie bin ich ihrer müde,
Denn sie ist verläßlich.

Kummer

Wovon ich rede, ist die reine Wehmut eines einsamen
Herbstes.
Wovon ich rede, ist die Sehnsucht ferner Meere.
Wenn mich jemand nach meinem Kummer befragte,
Wagte ich nicht deinen Namen zu nennen.

Ich wagte nicht deinen Namen zu nennen,
Wenn mich jemand nach meinem Kummer befragte:
Wovon ich rede, ist die Sehnsucht ferner Meere,
Wovon ich rede, ist die reine Wehmut eines einsamen
Herbstes.

Ich denke

Ich denke, also bin ich ein Schmetterling . . .
Nach zehntausend Jahren dringt der sanfte Ruf
zierlicher Blumen
Durch den Wolkendunst, der keinen Traum kannte, kein
Erwachen,
Um an meine bunten, bunten Flügel zu rühren.

14. März 1937

Weißer Schmetterling

Was für eine Weisheit schenkst du mir,
Kleiner weißer Schmetterling,
Wenn du die leeren Seiten öffnest,
Wenn du die leeren Seiten schließt?

Die Seiten aufgeschlagen:
Einsamkeit;
Die Seiten geschlossen:
Einsamkeit.

3. Mai 1940

Auf eine Gefängniswand

Wenn ich hier sterbe,
Freunde, so seid nicht traurig,
In euch
Da ist auch noch mein Leben.

Einer von den euren ist von euch gegangen,
In einem Kerker unter japanischer Herrschaft,
Seinen tiefen, tiefen Haß, den er hegte,
Bewahrt für immer in euch.

Wenn ihr wiederkehrt, und aus der Erde
Seinen geschundenen Leib hervorholt,
Dann sorgt, daß euer Siegesjubel
Seine Seele in die höchste Höhe trägt,

Und legt seine bleichen Gebeine auf einen Gipfel,
Daß sie in der Sonne trocknen und im Wehen des
Windes baden:
In jenem finsteren Erdenverlies
War das sein einziger schöner Traum.

27. August 1942

Mit meiner verstümmelten Hand

Mit meiner verstümmelten Hand
Berühre ich dieses unermeßliche Land:
Dieser Teil ist bereits zu Asche geworden,
Jener ist nur noch Blut und Dreck;
Dieser See muß meine Heimat sein
(Die blumengeschmückten Deiche im Frühling:
Barrikaden aus Brokat,
Die zarten Weidenzweige: Duft in den Händen),
Ich spüre die Wasserpflanzen und die sachte Kühle des
Wassers;
Der schneebedeckte Gipfel des Changbaishan* läßt mich
vor Kälte erstarren,
Die Schlammwasser des Gelben Stromes entgleiten
meinen Fingern;
Auf den Reisfeldern im Süden – deine jungen Pflanzen
waren einst so zart, so schmiegsam – wächst nur noch
Unkraut.
Auch die Lichee-Blüten im Mittag welken einsam dahin,
Überall tauche ich in die bitteren Wasser der Südsee, wo
kein Fischerboot treibt . . .
Meine unförmige Hand fliegt vorüber an der endlosen
Landschaft,
Meine Finger sind in Blut und Asche getaucht,
in meinen Handflächen nisten Schatten,
Nur jene Ferne ist geblieben: unversehrt, warm, licht,
fest und voll Leben.
Über sie streichle ich mit meiner verstümmelten Hand,
Als wäre es das weiche Haar der Geliebten, die Brüste in
den Händen eines Kindes.
Alle Kraft nehme ich in meiner Hand zusammen

Und zwinge der Oberfläche all meine Liebe und
Hoffnung auf,
Denn nur dort gibt es Sonne, gibt es Frühling,
Wird die Dunkelheit vertrieben und das Leben
wiedererweckt,
Denn nur dort gibt es ein Leben, das nicht dem des Viehs
gleicht,
Ein Tod, der nicht der von Ameisen ist . . . dort, im
ewigen China.

3. Juli 1942

* Berg in der Provinz Shandong. (Anm. d. Hg.)

He Qifang

He Qifang (1911-1977), über dessen Herkunft so gut wie nichts bekannt ist, stammt aus Sichuan. Nach einer klassischen Ausbildung kam er als Fünfzehnjähriger in Chengdu auf einer weiterführenden Schule mit westlicher Literatur und westlichem Gedankengut in Berührung. Von nachhaltigem Einfluß war die Begegnung mit den englischen Dichtern des 19. Jahrhunderts, die sein lyrisches Werk bis 1937 prägen sollten. Nach dem Philosophiestudium an der Peking-Universität (1931-1936), wo er eine enge Freundschaft mit Bian Zhilin schloß, setzte angesichts der Zeitereignisse der Zweifel am Wert der Literatur ein (s. z. B. das Gedicht »Das letzte Geleit«). Von Bian Zhilin nach Yan'an gerufen – He traf dort 1940 ein –, begann die Abwendung von der lyrischen Suche nach »Liebe und Schönheit«; statt dessen versuchte sich der Dichter in Kriegsreportagen, die er jedoch bald zugunsten praktischer kultureller Tätigkeiten im Dienste der KPCh aufgab. Auch nach 1949 blieb He Qifang im Kulturbereich tätig und war einer der führenden Vertreter bei der Propagierung der »korrekten« Linie von Literatur und Kunst. Dabei engagierte er sich besonders in der Kampagne gegen Hu Feng, der für eine Literatur als Selbst-Ausdruck eintrat.

Liebe

Der Morgen entfaltet sein Licht auf dem Tau der
Granatapfelblüten.
Die Sonnenschatten des Mittags verlangsamen im Spiel
Ihre Schritte unter Trauerweiden und Lindenbäumen.
Wenn der Südwind über den schlafenden Lotos im See
Die Nacht herbeibläst, dann quillt
Das Land von schwerem Duft über,
Denn Efeu rankt die Erde entlang
Und Seidenkraut windet sich vom Gras in die Bäume.
Die Liebe des Südens schläft tief,
Selbst der Flügelschlag ihres Erwachens zwingt uns in
den Schlaf.

Ein weißer Falke befällt den wolkenlosen
Herbsthimmel,
Jäger galoppieren durch die Wildnis.
Die Abendsonne sinkt an der alten Zitadelle.
Wind und Mond streicheln die schwankenden Bäume.
Oder es verharrt der uneilige Klang der Kamelglocken
Auf langen Wegen über verdörrtem Gras.
Ein großer weißer Stern verlöscht
Und strömt wie eine erkaltete Träne in die Ferne der
Nacht.
Die Liebe des Nordens ist wach vor Schrecken,
Leicht ist ihr Schritt und grausam.

Die Liebe ist alt, aber nicht müde.
Vielleicht ist sie das Lächeln in den Grübchen eines
Kindes,
Vielleicht die Krone aus einem Märchen

Oder das blaue Linnen einer Bäuerin.
Ja, du weißt um die Liebe,
Ihre Kälte macht dich weinen.
Zünden wir ein Feuer aus Blättern und Zweigen an,
Daß wir in seinem zuckenden Licht sitzen,
Daß die Wälder aufschrecken und zitternd
Von uns erhaschen, was die Liebe sei.

23. September 1932

Unter dem Mond

Heute nacht wird ein silberner Traum kommen:
Eine weiße Taube, die ihre Flügel nach dem Baden
öffnet,
Ein weißes Lotosblatt, abgefallen von seinem Schatten
im Wasser,
Die Stimme des Herbstes, die vom Glas der
Wutong-Blätter
Auf reifgefüllte Dachziegel sinkt.
Aber, Liebe, wohnen bei dir auch die silbernen Wellen
des Mondes?
Oder sind sie längst schon Eiszapfen am Himmel?
Kann ein Traum, freigelassen wie ein Boot im Wind,
In eine erfrorene Nacht hinaussegeln?

11. Oktober 1932

In Krankheit

Ich denke an die Wellen im See,
Die ihre Schwärze nach oben kehren,
An den Wind, der die grauen
Und gelben Ziegeldächer plündert,
An den Staub auf den Straßen, der wie Räderwerk
Dahingeht; vor der Stadt
Hält auf halbem Weg ein Maultierkarren,
Dort, wo nur die vier Himmelsrichtungen wohnen . . .

Wände begrenzen vierfach meine Einsamkeit,
Mit ihren Schichten aus Wind und Sand
Sind sie nun noch dicker.
»Heute nacht ist der Nordwind ein Schrei von Wellen,
Er wirft unser kleines Zimmer
Wie ein Boot hin und her. Gefährte meiner Einsamkeit,
Bist du dieser langen, langen Reise müde?
Wir sind unterwegs zu den Tropen,
Dort wollen wir Pflanzen werden,
Du bist langlebiger Efeu,
Ich bin ein hoher Lindenbaum.«

Dämmerung. Ich zünde
Die Lampe an, öffne das Buch
Und schlage meine Erinnerung auf wie eine Schatulle.

13. März 1934

Die Wand

Das leiernde Lied des Wasserrades
Öffnet der Reinheit des Morgens ihren weiten Weg:

Die graue Wand schenkt der Gasse ihre Länge,
So halte ich inne mit einem Seufzer
Und schaue die Glyzinie auf halber Mauer,
Ein grüner Gürtel, den hier jemand vergessen hat.
Er erinnert mich an das Gras jenseits der Mauer,
Wo mittags die hohen Baumschatten zu steigen
beginnen . . .

Bin ich nicht eine Schlange,
Die in den Steinritzen ihren Weg vergaß?
Ein Blatt Schattengrün, gemischt mit der Kälte von Tau
Weist mich dem Traum unaufhörlicher Morgen zu.

Der Körper im Erwachen fällt leicht
Wie immer vor die Wand.

15. August 1934

Das Kopfkissen und der Schlüssel

»Die Wasser des Canglang sind rein!« singen die Lieder,
»Winde dir aus einem Wutong-Blatt eine Tasse,
Ein einziger Schluck löscht alle Erinnerung.«

Ich frage nicht, wessen Traum gleich dem Tau auf dem Gras
Mich zum Grab einer Nacht bestimmt hat:
Ich fürchte nur, der Schlüssel zur Totenkammer gehe verloren,
Wenn der helle Mond und der frische Wind zu weichen beginnen.
Jemand hat sein Kopfkissen einem Gott als Ärmel geliehen:
›Abschiedsschmerz‹ ist da hineingeschrieben.
Nein, ich frage nicht, aus welchem Traum ich erwache,
Ich beklage nur meine Wehmut, hell und rein
Wie ein leichtes Boot, das keine Träne zu tragen vermag.

12. Februar 1935

Das letzte Geleit

Die Wachskerzen, die in der Stille brennen,
Sind Seufzer, gepreßt aus meinem Herzen.
Dies ist das Zeitalter der Leichenzüge.

Ich höre den übellaunigen Lord Byron
Mit eiskalter Stimme rufen: »Geld.
Kalt wie Eis. Doch es tauscht Freuden ein.«

Ich sehe Nerval einen Hummer – er weiß um die Geheimnisse des Meeres –
An blauer Schärpe durch die Straßen ziehen,
Und später sehe ich ihn erhängt an einem Frauengürtel
Vor der Tür einer Absteige.
Der letzte Bukoliker schneidet sich gerade
In der Herberge mit einem Messer die Halsschlagader durch.

Ich werde nicht mehr von der Liebe singen
Wie die Zikade des Sommers von der Sonne.

Adjektive, Metaphern und Papierblumen,
Ein kurzer Brand im Ofenfeuer.
Seidenraupen, die stumm an Bücherblättern nagen,
Spinnen mählich ihre Kokons.
Dies ist Winter.

In dem langen Leichenzug
Trage ich mein Selbst zu Grabe,
Wie wenn ich die Zähne eines Drachen säte,
Daß ihnen eine Schar Krieger entwüchse,

Die einander abschlachteten,
Bis der Stärkste übrigbliebe.

8. November 1936, Laiyang

Zang Kejia

Zang Kejia (geb. 1910) aus der Provinz Shandong verbrachte die ersten achtzehn Jahre seines Lebens auf dem Land. Die Nöte des Volkes, die er von klein auf wahrnahm, ließen seine Lyrik von Anfang an für soziale Themen empfänglich sein. Während des Studiums in Qingdao (1930-1934) geriet der Dichter unter den starken Einfluß des dort lehrenden Wen Yiduo. Die ersten beiden schmalen Gedichtwerke »Brandmale« (Laoyin, 1934) und »Kanal« (Yunhe, 1935) stellten nicht nur den offiziellen Beginn, sondern auch gleichzeitig den Höhepunkt seines lyrischen Schaffens dar. Mit Zangs Tätigkeit im Kulturbereich der KPCh verloren die seit 1938 publizierten Preisgesänge der Revolution mit ihrer Verbindung von Klassik und Volkslied die Prägnanz, Bild- und Gedankenkraft der frühen Gedichte.

Brandmale

Um nicht in die Vergangenheit zu schauen,
Sage ich listig, das Leben ist eine Lüge,
Der Schmerz hat meinem Herzen ein Zeichen
eingebrannt,
Zu jeder Zeit sagt es mir, was Leben ist.

Ich kann nicht lassen, das Brandmal zu berühren,
Bis im roten Licht plötzlich ein giftiges Feuer
aufflammt,
In den Feuerblüten sprühen Lieder heraus,
Ein jedes singt vom Unglück des Lebens.

Nie habe ich meinen Schmerz kundgetan,
Denn ich weiß, das ist ein Verbrechen,
Fühllos ist dieses Leben und ungeschieden in Tag und
Nacht,
Hüte dich, seine Lösung preiszugeben.

Ich nähre mich vom Saft der Bitternis
Wie ein Wurm von Krotonbohnen,
Das Herz hoch in der Luft,
Ist selbst das Atmen schwer.

1932

Schlaflos

Unhörbar der Lärm des Bösen
Und auch ungreifbar ein wenig Licht,
Mein Blut tropfendes Herz
Schimmert in der Dichte schwarzer Schatten.

In die Vagheit des Schmerzes
Schlagen stimmlose Regentropfen,
Blüten öffnen sich aus der Finsternis,
Kelche weisen in entgrenzte Ferne.

Juni 1932

Der Schrei des Lebens

Aus schriller Höhe fällt jäh herab
Die Stimme eines Händlers –
Ein Ton, der ersterbend
Die bodenlose Frühe ausmißt.

Wird das schlaflose Herz in der Tiefe der Kammer
Sich nun in Versen ergehen?
Nein, es ist der Schrei des Lebens,
Jeder Laut ein Mund voll Blut, der das Herz der Nacht
zerreißt.

Xiangzhou, 5. April 1934

Herbst

Da muß jemand mit einer Zigarette zwischen den Lippen
Durch einen Fensterspalt in den verregneten Hof schauen,
Die kalten Wasser haben den Himmel heruntergewaschen,
Und Wehmut hat sich in den Regen gemischt.

Da muß auch jemand vor der Abendsonne
An den Wolkendunst in der fernen Heimat denken,
Oder einen verlorenen Schatten hinter sich herschleppen
Und in der Wildnis nach der Kindheit suchen.

Aber weiß jemand um diesen Herbst?
Er ist so farbenfroh auf den Gesichtern der Armen!
Kühl fließt überall das Weinen der Nacht,
Und still verschluckt die Dunkelheit alle Stimmen!

Ein kalter Wind legt die Einöde bloß, überall weißes Gebein,
Wer hätte gedacht:
Der Herbst über dem Yalu
Kommt schon nicht mehr durch den Shanhai-Paß!*

2. Oktober 1934

* Yalu: Grenzfluß zwischen China und Korea. Shanhaiguan: Endpunkt der Großen Mauer im Bohai-Meer, östlich von Peking (Anm. d. Hg.).

Eisblumen

Ein Kind, weiß nicht woher,
Liegt auf der weiten Erde,
Neben sich eine zerbrochene Schöpfkelle, mit
Eisblumen gefüllt,
Und ein Stecken mit den Bissen von Hunden!

Eine alte zerfetzte Jacke bedeckt den Kopf,
Als sollte dem Universum das Gesicht aus Scham
verborgen bleiben,
Auf den rotgeschwollenen Schenkeln sind die
Eisblumen aufgeplatzt,
Ein kalter Wind treibt das Blut heraus.

Kein Schrei
Weckt den Ekel der Passanten,
Dünne Eisfäden frieren die große Erde
Und den toten Körper zu einem Leib zusammen.

Die Nacht hat der ganzen Welt Schnee gebracht,
Silberweiß ist aller Schmutz weggenommen,
Warte, wenn die Sonne wieder ihr Licht zeigt,
Wird die Erde ein großes Gefäß voller Blut sein.

5. Dezember 1934

Der Kreisel

Wie ein Kreisel am Ende der Peitsche
Drehe ich mich auf der Spitze der Nacht
Geschlagen vom Schmerz
In einem Hof aus Wind und Tau.

Die tote Nacht hat ihre Fluten freigesetzt –
Am Himmel der helle Mond,
Auf Erden ich,
Zwei große Augen, die das Universum zu schließen vergaß.

18. Juli 1935

Ai Qing

Ai Qing (geb. 1910) stammt aus einem Bauerndorf in der Provinz Zhejiang. Seine ersten dreißig Lebensjahre beschreibt er anschaulich in dem Langgedicht »Mein Vater«. Bevor er zu einem der bekanntesten und populärsten Dichter des modernen China wurde, betätigte sich Ai Qing zunächst als Künstler in Shanghai (1928) und Paris (1929). Während seines Frankreichaufenthaltes kam er mit der Lyrik von Apollinaire, Rimbaud und besonders Verhaeren in Berührung, der zusammen mit Whitman und Mayakovsky von nachhaltigem Einfluß auf das spätere Werk sein sollte. Die ersten bedeutenden Gedichte schrieb Ai Qing im Gefängnis in der französischen Konzession von Shanghai, als er zwischen 1932 und 1935 zusammen mit anderen Künstlern wegen angeblicher politischer Umtriebe eingesperrt war. Die Gedichte dieser Zeit sind autobiographischer und experimenteller (freie Verse) Natur, sie wurden später durch eine deskriptive und narrative Poesie abgelöst. Das bekannteste Beispiel dieser Art ist das zu seiner Zeit ungemein populäre Kriegsgedicht »Er starb das zweite Mal« (1939). Überzeugendere Beispiele sind die Gedichte, die zwischen 1939 und 1942 auf Wanderungen durch Nordchina entstanden sind und die Kargheit von Natur und Leben besingen. Ai Qings Gedichte, die sich durch Schlichtheit, Direktheit und das Emphatische des Ausdrucks auszeichnen, verflachten nach dem Eintritt in die KPCh (1941) zusehends zu reiner Propaganda. Trotz seines Eintretens für die literarischen Direktiven Mao Zedongs wurde der Dichter im Zuge der Hundert-Blumen-Kampagne 1958 für zwanzig Jahre verbannt. Seit seiner Rehabilitation hat er verschiedene Reisen ins Ausland unternommen, die ihn 1979 auch nach Deutschland geführt haben. Seine bei solchen Anlässen verfaßten Gedichte, u. a. auf die Berliner Mauer und die Stadtführerin von Trier, tragen deutlich den Charakter von Gelegenheitslyrik.

Die Schubkarre

Wo der Gelbe Strom einst floß
In zahllos ausgetrockneten Flußbetten
Gibt das Rad einer
Schubkarre
Einen schrillen Ton, daß der dunkle Himmel
zusammenzuckt
Er geht durch die Kälte und Stille
Vom Fuß dieser Berge
Zum Fuß jener Berge
Durch den Schmerz der Menschen
Im Norden mitten hindurch

An Tagen aus Eis und Schnee
Zwischen Dörfern der Armut
Zeichnet
Mit einem einzigen Rad
Eine Schubkarre
Ihre Spur tief in die graugelben Erdschichten
Sie geht durch die Weite und Ödnis
Von diesem Weg
Zu jenem Weg
Und eint
Den Schmerz der Menschen im Norden

(Anfang 1938)

Mein Vater

1
In letzter Zeit träume ich oft von meinem Vater –
Dann scheint sein Gesicht von nie gekannter »Güte«,
Und es beweist mir seine »Toleranz«,
Auch seine Worte sind sanft,
Als ob all seine Mühe
Nur aus der Unterstützung seines Sohnes komme.

Letztes Frühjahr hat er mir Briefe geschickt,
Aufrichtig bittet er um meine Heimkehr,
Er habe mir wichtige Dinge zu sagen,
In Sachen Land und Besitz:
Aber ich kam seinen Wünschen nicht nach
Und machte mich nicht auf den Heimweg,
Ich fürchtete, die Verantwortung aus den Händen der Familie
Zerstörte die Bestimmung meiner Jugend.

An einem Tag im Mai, zur Granatapfelblüte,
Schied er enttäuscht aus dem Leben.

2
Ich bin der älteste Sohn,
Mit 21 hat er mich gezeugt,
Es war das letzte Jahr der Qing,
Als er eine Mittelschule besuchte.
Er wirkte sanft und aufrecht,
Er trug ein langes Gewand und das Haar im Zopf,
Fett war er, seine Haut rotschwarz,
Die großen runden Augen standen vor,

Die Ohren klebten hinter den Wangen,
Die Leute nannten das eine »glückliche Physiognomie«,
Er werde daher »im Gegebenen sich selbst bewahren«.

Zufrieden mit seinem »Los«
Brachte er seine Tage schlicht und ohne große Pläne zu,
Er sog an seiner Wasserpfeife, trank Reiswein,
Lag auf dem Bambusbett und las die »Seltsamen
Erzählungen«[1]
Von Feen und Fuchsgeistern.

Als er 16 war, verschied mein Großvater;
Die Großmutter war eine Kindsbraut,
Oft gedemütigt von der Konkubine meines Vaters;
Mein Onkel war opiumsüchtig,
Er hielt es mit Glücksspielen[2], schäkerte mit Frauen;
Aber mein Vater
»Pflegte das Selbst« und »untersuchte die Dinge«[3],
studierte also das Leben –
War somit der folgsame Sohn seiner Mutter,
Der gute Ehemann seiner Frau.

Unter dem Einfluß von Liang Qichao[4]
Wußte er, »der Fortschritt der Welt läßt sich nicht
aufhalten«,
Also wurde er Anhänger der »Reformpartei«,
In dem armen und abgeschiedenen Dörfchen
Schnitt er als erster seinen schwarzen Zopf ab.

Er las die ›Nachrichten des Ostens‹[5],
Abonnierte das ›Shanghai-Blatt‹[6],
Wurde Mitglied in der International Savings
Association,
In der Diele tickte eine Wanduhr mit Glockenspiel

Und im Zimmer brannte eine Gaslampe aus Amerika.

In dem Marktflecken hatte der Urgroßvater einen Laden
hinterlassen –
Güter aus der Hauptstadt oder aus dem Ausland,
Getreide, Wein, »alles war vorhanden«,
Der Laden gab uns Kleidung für die ganze Familie,
Die täglichen Dinge und Gebäck zum Tee,
Mit einer Kladde zum Anschreiben holten wir, was wir
wollten;
39 Angestellte waren 360 Tage beschäftigt,
Doch zum Jahreswechsel strich der Inhaber den
gesamten Gewinn ein.

Im Dorf hatte er noch zig Morgen Land,
Ein paar Dutzend Pächter waren da um ihn herum,
Und daheim gab es jedes Jahr vier Aushilfen,
Eine Leibeigene, eine Amme,
Sie alle verschafften ihm seine Muße.

Ohne Passion! Ohne Risiko!
Nach eigenem Vorteil und Interesse
Wollte er eine »neue Familie« schaffen,
Die Tochter schickte er auf eine Missionsschule,
Den Sohn wies er an, Englisch zu lernen.

Mit Ohrfeigen und mit einer Peitsche hielt er Sohn und
Tochter in Zucht,
Er wurde zum Tyrannen des Hauses;
Sparsamkeit war sein Dogma,
Gehorsam seine heilige Schrift,
Und weiter? Wir sollten fleißig studieren
Und peinlich auf unsere Noten achten,
Er wußte, Wissen ist zu etwas nutze –

Es macht was her,
Und es taugt zum Schutz des Besitzstandes.
Diese waren seine Ehrengäste:
Ein Armee-Major im Ruhestand,
Ein Mittelschullehrer aus der Provinzhauptstadt,
Der Polizist des Ortes
Und der Landrat des Kreises.

Oft blätterte er im Weltatlas,
Beschäftigte sich mit Meteorologie, beobachtete die Sterne,
Der Affe sei der Ahne des Menschen, lehrte ihn die »Evolutionstheorie«;
Aber bei Ahnenopfern
Spielte er immer noch den Gläubigen,
Er war sich ja im klaren:
Wer Abgaben zahlt,
Braucht die Statue eines Höllenkönigs,
Nicht die Theorie von Darwin.

Lustlos wartete er auf den »Fortschritt«,
Apathisch hieß er die »Revolution« willkommen,
Er wußte, das war die »Strömung der Zeit«,
Und hielt sich aus allem heraus,
Aus der Ferne schaute er zu . . .
1926
Brach die Revolutionsarmee der Guomindang von Süden auf
Und kam durch unser Dorf,
Damals wollte ich mich an der Militärakademie Huangpu bewerben,
Aber mein Vater, stumm
Und mit gläsernen Augen, blieb ohne Antwort.
Die Revolution war wie ein Orkan, sie kam und ging.

Zahllose Menschen, jung und tapfer,
Wurden die Totenopfer der Zeit,
Nach all dem Schrecken und Schmerz
War mein Herz ein Boot, das die Segel verloren hatte
Und auf unruhig uferlosem Meer dahintrieb . . .

Grundbesitzer hegen alle die Hoffnung, ihre Söhne
brächten es zu Amt und Geld,
Sie wollen die Söhne Wirtschaft und Jura studieren
sehen:
Aber ich tauchte den Pinsel in Farben,
Entwarf eine Landschaft
Oder einen Bauern bei der Arbeit.

Die Träume und Passionen der Jugend
Hießen mich oft, von daheim fortzugehen:
Um in eine ferne Metropole zu ziehen,
Hatte ich zahllose praktische Gründe gefunden,
Die Zustimmung meines Vaters zu erwirken.

Eines Abends holte er unter dem Fußboden
Tausend mexikanische Silberdollar hervor,
Seine Hände zitterten, sein Gesicht war finster,
Er zählte das Geld und redete mir zu:
»In ein paar Jahren kommst du wieder,
Wehe du gehst Vergnügungen nach und vergißt die
Heimkehr!«

Beim Abschied
Brachte er mich ans Dorfende,
Ich wagte nicht, mit meinem Verstand
Die Last seiner Hoffnungen in mich abzuwägen,
Mein Herz drängte nur mich selbst:
»Schnell weg hier –

Diese kläglichen Felder,
Dieses kleine Dorf,
Ich will einsam dahingehen,
Frei umherziehen!«

3
Ein paar Jahre später kehrte eine triste Gestalt
In das altersgebeugte Dorf zurück,
Beide Hände leer, absolut nichts –
Nur Bücher über Rebellionen,
Ein paar fanatische Bilder
Und die tiefe Schmach und der Haß
Eines halbkolonialisierten Volkes.

Im Juli warf man mich ins Gefängnis,
Im August entschied man auf Freiheitsentzug[7];
Aus Enttäuschung über seinen Sohn
Weinte mein Vater eine Nacht bis zum Morgengrauen.

In jenen dunklen Jahren
Verlangte er immer wieder in sanften Briefen,
Ich solle den Geschwistern »Vorbild« sein
Und den »Hoffnungen der Familie« entsprechen,
Und mit unzeitgemäßen Wendungen, rührenden Gefühlen
Und Glücksversprechungen
Suchte er mein Herz zu fangen.

Als ich wieder frei war,
Wünschte er sehnlichst meine Rückkehr,
Er schickte mir
Das Geld für die Heimreise.
Er betete herunter, was andere ihm zugetragen hatten
Der Himmel weiß, wo er es herhatte,

China habe kein Bürgertum,
Keine Unternehmungen nach amerikanischer Art,
Keine grausame Ausbeutung und Erpressung;
»Nie habe ich«, sagte er,
»Meine Leute unterdrückt,
Wollen sie wirklich die Revolution,
Was wird dann aus unsereinem?«
Daraufhin schlug er sein Rechnungsbuch auf
Und breitete die dicke Kladde für Abgaben aus,
Mit gütigem Blick,
Lächeln um die bärtigen Lippen
Fingerte er am Abakus
Und mahnte mich mit tiefer Stimme,
Auf die Zukunft meiner Geschwister achtzuhaben.

Aber zu guter Letzt wurde er zornig –
Zog die Augenbrauen zusammen, biß sich in die
Unterlippe,
Er schien betrübt,
Wild trommelte er mit den Fingern auf den Tisch,
Er verabscheute die apathische Haltung seines Sohnes,
– der seine eigene Familie
Zu einer Station auf der Reise machte;
Der das Erbe der Ahnen
Als Schmutz ansah.

Um mich aus dem Zerfall zu erretten,
Um ein höchstes Ideal zu suchen,
Verließ ich wieder mein Dorf,
Selbst wenn meine Hacken von frischem Blut tropften,
Sollte mein Weg unaufhaltsam vorwärtsgehen . . .

Nun ist mein Vater tot,
Er starb an Blähsucht;

Er kann mir nicht mehr zürnen,
Was soll ich also noch Worte verlieren?

Er war die reine Dutzendware,
Aus Furcht »bewahrte er sich im Gegebenen«,
Im bewegtesten Zeitalter
Führte er das ruhigste Leben,
So wie zahllose chinesische Grundbesitzer:
Immer in der Mitte, konservativ, geizig, selbstzufrieden,
Machte er aus einem armen, abgeschiedenen Dörfchen
Sein unabdingbares Königreich;
Das Erbe der Ahnen
Gab er an die Nachkommen weiter,
Weder weniger noch mehr!
Und das war's –
Und deswegen sollte er mir leid tun.

Nun ruht mein Vater
Still in der Erde.
Bei seiner Beerdigung
Habe ich weder das Seelenbanner errichtet,
Noch das grobe Gewand aus Hanf getragen;
Denn es war an mir, mich mit heiserer Stimme
In das Feuer der Befreiung zu werfen . . .

Mutter drängte mich in einem Brief zur Heimkehr,
Damit ich die Familienangelegenheiten regelte,
Aber ich wollte nicht mich selbst zu Grabe tragen
Und verwarf herzlos ihren Wunsch.
Der Krieg hatte mir etwas anderes eingegeben,
Die entgegengesetzte Richtung einzuschlagen –
Denn ich wußte seitdem,
Es gab ein höheres Ideal,
Mich ganz zu geben, aber nicht meiner Familie,

Sondern einem heiligen Glauben,
Der den Menschen gehörte.

(August 1941)

1 Liaozhai zhi yi (»Seltsame Erzählungen aus dem Liao-Studio«), berühmte Novellensammlung von Pu Songling (1622-1730), verschiedentlich deutsch von Franz Kuhn.
2 huahui: Wer aus 30 Namen den richtigen riet, bekam den 30fachen Einsatz seines Geldes.
3 xiushen, gezhi: Lebensideale des Neokonfuzianismus.
4 (1873-1929), einer der drei Führer der Reformbewegung von 1898.
5 Dongfang zazhi: Shanghaier Monatsjournal der dreißiger Jahre.
6 Shenbao: Shanghaier Tageszeitung.
7 Am 12. Juli 1932 wurde Ai Qing nach seiner Rückkehr aus Frankreich mit 13 anderen verhaftet und am 16. August wegen aufrührerischer Umtriebe von der Guomindang-Regierung zu sechs Jahren Freiheitsentzug verurteilt.
(Anm. d. Hg.)

Der Schirm

Am Morgen frage ich den Schirm:
»Magst du von der Sonne beschienen werden
Oder vom Regen durchnäßt?«

Der Schirm lacht und antwortet:
»Derlei Dinge scheren mich nicht.«

»Was schert dich dann?«
Hake ich nach.

Der Schirm:
»Darüber mache ich mir keine Gedanken –
Bei Regen bin ich den Leuten der Schutz ihrer Kleider;
Bei klarem Himmel bin ich die Wolke über ihren
Köpfen.«

Mao Zedong

Mao Zedong (1893-1976) entstammt einer Großgrundbesitzerfamilie aus dem Dorf Shaoshan bei Changsha in der Provinz Hunan. Nach eigenen Worten verfaßte er Gedichte nur aus Zeitvertreib. Gleichwohl sind diese Dichtungen für die Propagierung eines neuen Geistes in der chinesischen Literatur und Politik von großer Bedeutung gewesen. Gegen die Tradition des 4. Mai formuliert Mao Zedong seine neue Sicht von Wirklichkeit (s. »Erneut den Jinggangshan hinauf«), Geschichte (s. »Schnee«) und Natur (s. »Schwimmen«) in klassischem Versmaß, sei es in den prosodischen Gedichtformen der Tang-Zeit (618 bis 906) oder, wie die folgenden sechs Beispiele, in den klassischen Liedformen der Song-Zeit (960-1279). Gegen die traditionelle chinesische Geisteswelt, welche eine passive und meditative Haltung gegenüber der menschlichen Existenz auszeichnete, setzt Mao die Anschauung vom Menschen als aktiven Schöpfer der eigenen Umwelt. Mit dieser neuen Sicht geht auch die bereits aus der Song-Zeit bekannte »Umdeutung« (fan) überlieferten Bildungsgutes einher (s. z. B. im folgenden die neue Rolle von Prunusbaum, Räubern). Die Einheit von Klassik und neuem Geist, jedoch ohne die sonst geforderte Einbeziehung der Volkspoesie (minge), stellt vielleicht das überzeugendste Beispiel des neuen Traditionalismus in China nach 1949 dar, weil hier eine lyrische Stimme ihr eigenes Maß ist. Daß sich heute nach der Wahrheit über die Kulturrevolution manche Texte wie z. B. »Auf ein Gedicht des Genossen Guo Moruo« mit der Forderung nach der Ausrottung aller Schädlinge auch ganz anders lesen lassen, ist sicherlich eher dem politischen Kontext anzulasten, in den sie gestellt wurden, als ihrem Verfasser selbst.

Schnee
Februar 1936

Norden
Auf tausend Meilen eisumschlossen,
Auf zehntausend Meilen schneedurchwirbelt.
Die Große Mauer
Entwächst entgrenzter Weite.
Und der gelbe Strom
Ist mit einem Male zur Ruhe gekommen.
Berge, tanzende Silberschlangen,
Ebenen, dahinrasende Elefanten,
Wollen sich mit dem Himmel an Höhe messen.
Einmal aufgeklärt,
Sind die rote Sonne, die weiße Landschaft
Das Maß alles Schönen.

Zahllose Herren, verlockt,
Beugten sich eifernd vor Chinas Landschaft.
Ach, die Kaiser Qin Shih huangdi, Han Wudi,
Gering ihre Bildung,
Die Kaiser Taizong, Taizu,
Von mäßiger Begabung.
Für eine Generation der stolze Sohn des Himmels,
Genghis Khan,
Verstand nur den Bogen zu spannen und auf große Adler zu schießen.
Sie alle endgültig dahin,
Willst du freie Menschen,
Schau auf die Gegenwart.

Schwimmen
Juni 1956

Hab' grade getrunken von Changshas Wassern,
Dann schon verspeist die Fische Wuchangs.
Den Zehntausend-Meilen-Fluß durchquert,
Erschöpft sich der Blick unter Hubeis endlosem
Himmel.
Nicht schert mich das Blasen des Windes, das Schlagen
der Wellen,
Besser ist's, hier zu sein, als im abgeschiedenen Hof
müßig zu schlendern.
Von Herzen ist mir heute frei,
Einst sprach der Meister am Fluß:
»So wie die Wasser geht alles dahin!«

Im Wind beugen sich der Schiffe Masten,
Schildkröte und Schlange liegen still,
Große Pläne sind hier gefaßt,
Eine Brücke überspanne im Fluge Norden und Süden,
Daß aus der Himmelsschranke ein Verkehrsweg werde.
Und weiter große Staudämme am Oberlauf des Yangzi,
Die Wolken und Regen des Wushan scheiden,
Ein Stausee träte dann in hohen Schluchten hervor.
Die Göttin, wohl bei Gesundheit,
Erstaunte sicher über den Wandel der Welt.

Im Mai 1956 machte Mao eine Inspektionsreise in den Süden, auf welcher er von Changsha nach Wuhan kam. Hier, in der Hauptstadt von Hubei, die aus den drei durch die Flüsse Yangzi und Han getrennten Orten Wuchang (mit dem Schlangenberg), Hanyang (mit dem

Schildkrötenberg) und Hankou besteht, hat Mao Anfang Juni 1956 dreimal den Yangzi durchschwommen. Zu dieser Zeit befand sich die Brücke über den Yangzi, die »Himmelsschranke«, noch in Bau. Gleichzeitig waren Pläne zur Regulierung des Yangzi in Angriff genommen, nämlich der künftige Bau von Staudämmen in einer der drei berühmten Yangzi-Schluchten, die an der Grenze von Sichuan und Hubei durch den Wushan (der Legende nach Sitz einer Göttin) gebildet wird. – Die Anspielung auf »Die Worte des Konfuzius« (Lunyu IX, 16) ist möglicherweise als Kritik zu verstehen (Anm. d. Hg.).

Auf einen Prunusbaum
Dezember 1961

Nach der Lektüre von Lu Yous klassischem Lied
»Auf einen Prunusbaum« verfaßte ich folgendes Lied
mit entgegengesetztem Sinn.

Wind und Regen gaben dem Frühling das Geleit,
Schneeflocken heißen ihn nun willkommen.
An kragender Klippe hundert Klafter Eis,
Und immer noch Blütenäste voller Schönheit.

Sie sind schön, aber machen niemandem den Frühling streitig,
Kündigen nur sein Kommen an.
Sind einmal die Blüten in den Bergen voll entfaltet,
Lacht der Prunusbaum inmitten ihres Dickichts.

Auf ein Gedicht des Genossen Guo Moruo
9. Januar 1963

Auf dem kleinen, kleinen Erdball,
Wieviele Fliegen klatschen da gegen die Wand?
Surren mit den Flügeln und geben Laute von sich,
Wieviele Stimmen voller Wehleid,
Wieviele Stimmen vor Schmerz sprachlos?
Mögen sich die Ameisen ihres Friedensreichs in der Akazie brüsten*,
Mögen sie vorgeben, den Baum zu schütteln, leicht ist's zu reden.
Jetzt naht die Zeit, da im Herbstwind die welken Blätter auf Chang'an fallen,
Im Fluge singen unsere Bogenspitzen.

So viele Dinge
Harren seit jeher der Lösung;
Es dreht sich die Erde,
Es drängt die Zeit.
Zehntausend Jahre viel zu lang,
Nur ein Moment gegeben, sind Morgen und Abend zu nutzen.

Die vier Meere aufgerührt, Wolken und Wasser zornig,
Die fünf Erdteile von Schlägen erschüttert, Orkan und Donner wüten.
Es gilt, alle Schädlinge auszurotten,
Bis befriedet die ganze Welt.

* Anspielung auf eine Erzählung aus der Tang-Zeit (618-906). Ein Trunkener träumt unter einer Akazie von einem Paradies, das sich hinterher als Ameisenbau herausstellt (Anm. d. Hg.).

Beim Studium der Historie
Frühjahr 1964

Mensch und Affe trennten sich einst.
Dann nur ein paar Steine zermahlen,
War schon die ganze Kindheit.
Bronze und Eisen in der flammenden Glut der Öfen
geschmolzen,
Rätst du, wann das war?
Diese Momente aus heiß und kalt.
In der Zeit war's selten, daß Dinge den Menschen zur
Freude bewegten.[1]
Man zog in die Schlacht, spannte den Bogen
gegeneinander.
Überall verströmt,
Füllte Blut die Weite der Vorstädte.

Kaum ein Kapitel der Historie ausgelesen, scheint
Schnee im Haar aufzuwirbeln.
Aber erinnerlich tupfenweise, punkteweise
Nur ein paar Spuren.
Mit den heiligen Taten der Urherrscher
Hat man das Volk hintergangen.[2]
Unzählig große Männer sind aus ihm hervorgegangen.
Der Räuber Zhi[3], der General Zhuang Qiao[4] waren in
ihrer Zeit noch nicht angesehen,
Weniger noch der Rebell Chen Sheng[5], der die Goldaxt[6]
hoch in den Händen schwang.
Dies Lied noch nicht ausgesungen,
Ist der Osten schon weiß.

1 Fast wörtliches Zitat des Tang-Dichters Du Mu (803-852).

2 Daß nämlich die Herrschenden die Schöpfer der Geschichte sind.
3 Seit den Streitenden Reichen (481-221) der Prototyp des Bösen, in der VR China jedoch als Führer eines Sklavenaufstandes und als antikonfuzianische Kraft gewürdigt.
4 Ein Heerführer, 4. Jahrhundert v. Chr.
5 Ein Bauernknecht, der sich 209 v. Chr. gegen die Qin-Dynastie erhob und deren Ende einleitete.
6 Eig. Mittel des Kaisers zur Unterwerfung eines unbotmäßigen Gegners.
(Anm. d. Hg.)

Erneut den Jinggangshan hinauf
Mai 1965

Lang schon den Wunsch genährt, die Wolken zu
bezwingen,
Gehe ich nun wieder den Jinggangshan hinauf.[1]
Tausend Meilen hinter mir auf der Suche nach den
Stätten von einst,
Schaut mich die alte Landschaft mit neuem Antlitz
verwandelt an.
Überall Gesang von Pirolen, Tanz der Schwalben,
Dazu das Rauschen der Wasser,
Wege, die sich hoch in den Wolken verlieren.
Huangyanggai einmal passiert[2],
Ist keine Fährnis mehr eines Blickes wert.

Wind und Donner rühren sich,
Fahnen und Banner flattern,
Dies ist die Welt der Menschen.
38 Jahre sind vergangen,
Nur ein Fingerschnippen war's.
Zum Neunten Himmel kann man heute hinauf, Monde
pflücken,
Die Fünf Meere hinunter, Schildkröten fangen,
Und lachend heimkehren im Siegesgesang.
Nichts ist schwierig auf Erden,
Ist man nur willens hinanzugehen.

1 Das erste Mal 1928, als auf dem Jinggangshan, einem Gebirge in der Provinz Jiangxi, der erste revolutionäre Stützpunkt errichtet wurde.
2 Eine der fünf großen Wachstationen.
(Anm. d. Hg.)

Zheng Chouyu

Zheng Chouyu (geb. 1933), eig. Zheng Wentao, stammt aus der Provinz Henan. Durch die kriegerischen Ereignisse bedingt, verbrachte er eine unruhige Kindheit voller Ortswechsel, bevor sich seine Familie auf Taiwan niederließ. Nach dem Abschluß an der nationalen Taiwan-Universität und dem Militärdienst war er zunächst für den Zoll tätig. Auf Einladung des International Writing Program verbrachte er das akademische Jahr 1968/69 an der University of Iowa, wo er seitdem Chinesisch lehrt. Zheng Chouyu gilt als »der chinesische Dichter Chinas«, da seine Sprache und der Aufbau seiner Verse frei von fremdländischen Einflüssen und gleichzeitig modern sind. Wesentliche Voraussetzung für den leichten und damit chinesischen Fluß seiner Verse dürfte die Absenz alles Sozialen sein.

Seefahrermesser

Tropische Liebe, Schlingpflanzen gleich
Eine Bewegung der Hand und schon zerschnitten
Es sanken auch die grünen Inseln keusch
Die Sterne einer halben Nacht
Und es kam eine Reise für Wind und Regen

Ein altes Seefahrermesser
Von Abschieden blankgewetzt
Ist für die Einsamkeit da, für die Freude
Für alle Masten und Seile
Im Gegenwind . . .

(1954)

Entschließung

Der Zeit will ich befehlen, in meinem Leben den Dienst
zu quittieren,
Allen Göttern und Geistern erkläre ich hiermit den
Frieden.

Ich heiße dem Schwertglanz meiner Augen langsam in
die Scheide zu gehen,
Vor den Sternen am Himmel, vor dem Meer und vor
allem Unheil will ich die Augen schließen.
Auch das Universum wird mich vergessen, es wird alles
fahrenlassen, ganz still,
Ich werde länger sein als die Ewigkeit und kleiner als ein
Sandkorn.

(1954)

Irrtum

Unterwegs durch Jiangnan (Südchina),
wo zur Frühlingszeit eine Schöne wartet,
wie der Lotos in seinem Erblühen,
in seinem Verwelken.

Der Ostwind hat sein Erscheinen abgesagt, der März
will nichts von Weidenflocken wissen
Dein Herz ist eine kleine, kleine verlassene Stadt
Ein grüner Steinpfad in den Abend
Wo niemand geht, wo der März den Frühlingsvorhang
nicht hebt
Dein Herz ist ein kleiner, verschlossener Fensterladen.

Der Hufklang meines Pferdes ist ein schöner Irrtum
Keine Heimkehr, nur eine Passage . . .

(1954)

Träumen

Der Wald ist mir zu Füßen, die Hütte über mir,
Der Zaun entzieht sich meinem Auge in der Biegung.
Jemand sollte am Tor auf mich warten,
Daß ich neue Bücher bringe und die reparierte Laute,
Aber ich bringe nur einen Krug Wein,
Denn wer auf mich wartete, ist längst fort.

Wolken liegen auf meinem Weg, auf meinen Kleidern,
Und ich wiege mich in unwägbaren Gedanken.
Hier oben gibt es keinen Vogelschrei, keinen
Blütenkelch,
Ich wiege mich in der Kälte des Traumes . . .

Der Wald ist mir zu Füßen, die Hütte über mir,
Der Zaun entzieht sich meinem Auge in der Biegung.

(1954)

Zum Abschied

Da ich diesmal von dir ging, war Wind, war Regen, war
Abend;
Du mit einem Lächeln, ich mit einem Winken,
Ein Weg öffnete sich einsam nach zwei Seiten.
Jetzt bist du bereits zurück am Fluß,
Vielleicht kämmst du dein Haar oder ordnest dein nasses
Gewand,
Aber mein Weg in Wind und Regen ist noch lang;
Die Berge treten in die Ferne zurück, die Ebenen öffnen
sich noch weiter,
Ja, Welt, vielleicht hat in dir die Finsternis Gestalt
gefunden . . .

Du sagst, du seist närrisch, närrisch wie ein Kind, das
einen Drachen steigen läßt,
Ohne ihn zu binden,
Nun ist der Drachen fort, zurückbleibt der Irrtum eines
gerissenen Fadens:
Das Buch ist zu dick, laß es geschlossen,
Der Sandstrand ist zu lang, hinterlaß keine Spuren;
Wolken treten aus den Tälern, Quellwasser tropft von
Steinritzen,
Alles hat begonnen, aber wo ist der Ozean?
Die erste Begegnung auf unwegsamem Pfad ist längst
geschehen,
Nun ist da die weite Marsch,
Ich habe das Recht verloren, Stütze deiner einzigen
Liebe zu sein;
Rot und Weiß blau gerieben am Abendhimmel, so
fälschlich schön hineingemischt,

Doch an mir ging dieser Irrtum vorüber, statt in den
Garten von Paris
Führte mich der Zufall an Werthers Grab . . .

Diesmal sind wir ohne Wiedersehen,
Du liegst still in deinem Schlaf.
Lassen wir alles zurück, was wir nicht vollendet haben,
wir lassen es der Welt zurück,
Hier, wo ich unterwegs bin,
Hier, wo dein Träumen ist . . .

Pantoffeltierchen

Es fiel ein rotes Blatt, der Herbst in dem kleinen Park ist
ein sanftes
Pantoffeltierchen in seiner Urgestalt, Sonnenschatten
und blauer Himmel, müßig herniedergekommen,
Treiben mit ihm dahin, ich zähle die hellgrünen Geißeln
Ich möchte eine auflesen und hineingeben
In dein Album
Es ist ein rotes Blatt, ein kleines Boot mit Wolkenrot
Es ist meine Passage, es sind die vielen Geißeln eines
Pantoffeltierchens
Es ist mein erster Beginn

(1957)

Bei Dao

Bei Dao (geb. 1949) ist das Pseudonym (wörtl. »Nördliche Insel«) von Zhao Zhenkai aus Peking. Unter dem »nom de plume« Shi Mo (»schweigsam wie ein Stein«) ist er im deutschen Sprachraum als Verfasser der Erzählung »Die Heimkehr des Fremden« bekannt (s. Hundert Blumen. Moderne chinesische Erzählungen 1949-1979, Frankfurt 1980). Trotz seiner »bürgerlichen« Herkunft – der Vater war einer der Organisatoren der Chinesischen Vereinigung zur Förderung der Demokratie, seine Mutter Ärztin und einst praktizierende Katholikin –, wurde Bei Dao während der Kulturrevolution nie aufs Land verschickt. Für kurze Zeit (1978-1980) einer der Herausgeber der »Untergrund«zeitschrift »Heute«, Stimme von Chinas kritischer Jugend nach dem Tiananmen-Zwischenfall von 1976, ist er heute als Redakteur der Esperanto-Zeitung »El Popola Cinio« in Peking tätig. Zhao Zhenkai ist gegenwärtig als wichtigster Vertreter der »Obskuren Lyrik« (menglongshi), der am meisten umstrittene Dichter Chinas. Anerkennung ist ihm bisher nur international zuteil geworden. Sammlungen seiner Lyrik liegen lediglich – zweisprachig – in den USA und Schweden vor. Wesentlich für seine Lyrik, die vielen als die beste nach der Gründung der VR China gilt, ist neben der Desillusion, Ausdruck von Chinas neuer Jugend, die komplexe Bild- und Sprachwelt mit stark symbolischem und assoziativem Charakter.

Leben

Netz

Die Antwort

Infam lautet das Paßwort der Infamen,
Würde ist das Epitaph der Ehrwürdigen.
Schau, am vergoldeten Himmel
Treiben überall die gebogenen Schatten der Toten.

Die Eiszeit längst vorbei,
Warum herrscht überall noch das Eis?
Das Kap der guten Hoffnung ist entdeckt,
Warum messen sich im Toten Meer tausend Segel?

In diese Welt
Habe ich nur Papier, einen Strick und meinen Schatten
mitgebracht,
Um vor den Richtern
Die Stimmen der Verurteilten zu verkünden:

Ich sage dir, Welt,
Ich – glaube – nicht!
Selbst wenn zu deinen Füßen tausend Herausforderer
liegen,
Zähle mich als tausendundeins.

Ich glaube nicht an die Bläue des Himmels;
Ich glaube nicht an die Stimme des Donners;
Ich glaube nicht an die Falschheit von Träumen;
Ich glaube nicht an die Sühnelosigkeit des Todes.

Wenn es bestimmt ist, daß Meere die Dämme
durchbrechen,
So laß alle Wasser der Bitternis in mein Herz hinein;

Wenn es bestimmt ist, daß Ufer sich erheben,
So laß die Menschheit ihrer Existenz neu einen Gipfel
wählen.

Es ist der Schnittpunkt der Zeit und blitzende Sterne
Verschönen gerade den unblockierten Himmel,
Es sind fünftausend Jahre alte Piktogramme,
Es sind die Gestalt gewordenen Blicke künftiger
Generationen.

Alles

Alles ist Schicksal
Alles ist Wolkendunst
Alles ist ein unabgeschlossenes Beginnen
Alles ist ein flüchtiges Suchen
Alle Freude geschieht ohne Lächeln
Alle Bitternis ist tränenlos
Alles Sprechen ist ein Wiederholen
Alle Begegnungen sind ein erstes Treffen
Alle Liebe ruht im Herzen
Alle Hoffnungen haben Anmerkungen
Aller Glaube trägt Wehklagen
Alle Ausbrüche kennen Momente der Ruhe
Alles Sterben hat ein lang verklingendes Echo

Bündelung

Zwischen mir und der Welt
Bist du die Meeresbucht, ein Segel
Die beiden zuverlässigen Enden eines Strickes
Du bist der Brunnen, der Wind
Der klare Ruf der Kindheit

Zwischen mir und der Welt
Bist du der Bilderrahmen, die Fensteröffnung
Bist ein Feld voll wilder Blumen
Du bist der Atem, bist die Schlafstatt
Bist die Nacht in Begleitung der Sterne

Zwischen mir und der Welt
Bist du ein Kalender, ein Kompaß
Bist ein Lichtstrahl im Dunkel
Du bist ein Lebensabriß, ein Lesezeichen
Das Vorwort am Ende

Zwischen mir und der Welt
Bist du ein Seidenvorhang, ein Dunst
Bist der Lampenschein, der in Träume fällt
Du bist eine Flöte, ein Lied ohne Worte
Bist das geschlossene Auge aus Stein

Zwischen mir und der Welt
Bist du ein Graben, ein Teich
Bist ein Abgrund in die Tiefe
Du bist ein Gitter, eine Wand
Bist das ewige Muster auf einem Schild

Ja, gestern

In den Arm beugtest du halb dein Gesicht,
Hieltest auch die Unruhe der Wälder fern.
Langsam schlossest du die Augen:
Ja, gestern . . .

Mit Vogelbeeren tünchtest du die Abendröte,
Tünchtest auch deine Scheu.
Ein Nicken, ein freudvolles Lächeln:
Ja, gestern . . .

In der Dunkelheit entzündetest du ein Streichholz
Und hieltest es zwischen unsere Herzen.
Du kautest deine erblassenden Lippen:
Ja, gestern . . .

Ein Papierschiff glitt in den Bach,
Es trug den ersten Schwur.
Entschlossen wandtest du dich zum Gehen:
Ja, gestern . . .

Abzweigung

Der Wind hat innegehalten,
Wortlos steht er an der Abzweigung.
Gitter treiben im Dunst,
Es öffnet sich die schmale Tür der Nacht:
Die Dunkelheit prostet dir im Straßenlicht zu.

Das Gitterfenster in deinen Augen
Siebt das verschwommene Tageslicht heraus.
Erlerne den Abschied,
Wie du alles Vergangene erlernt hast,
Wie du die Freude erlernt hast und den Schmerz.

Dreh dich um und geh,
Laß das matte Licht von deinen Schultern gleiten.
Vielleicht möchtest du leise lächeln,
Doch die Eisblumen in deinen Zöpfen
Fließen langsam mit dem Tau der Nacht.

Schlaf, Tal

Schlaf, Tal
Deck schnell mit blauem Wolkendunst den Himmel zu
Deck die bleichen Augen der Wildlilien zu
Schlaf, Tal
Vertreibe schnell mit den Schritten des Regens den Wind
Vertreibe das unruhige Rufen des Kuckucks

Schlaf, Tal
Wir verbergen uns hier
Wie in einem tausendjährigen Traum
Wo die Zeit nicht mehr von den Grashalmen gleitet
Wo die Sonne, hinter den Wolkenschichten stehengeblieben, nicht mehr Abendröte und Morgenlicht herunterschüttelt

Kiefern in ihrer Kreisbewegung
Werfen zahllos harte Zapfen ab
Die unsere Fußspuren schützend einfassen
Die Kindheit ist mit den Jahreszeiten
Diesen gewundenen Pfad gegangen
Wo Blütenstaub das Dornendickicht füllte

Ja, still ist es
Der geworfene Stein bleibt ohne Echo
Vielleicht bist du auf der Suche
– von Herz zu Herz
Ein Regenbogen erhebt sich leise
– von Auge zu Auge

Schlaf, Tal
Schlaf, Wind
Tal, schlaf im blauen Wolkendunst
Wind, schlaf in unseren Händen

Schiffsfahrkarte

Er hat keine Fahrkarte
Wie kann er da an Bord gehen
Der Klang der Eisenkette
Versetzt auch hier die Nacht in Unruhe

Das Meer, ja, das Meer
Mit der Ebbe taucht die Insel empor
So einsam wie ein Herz
Ohne die sanften Schatten von Büschen
Ohne Rauch
Der Schiffsmast, der Blitze an den Himmel malt
Wird auch von den Blitzen zerstückelt
Unzählige Orkane
Haben auf festen Schuppen und Muscheln
Auf den kleinen Schirmen von Quallen
Statische Muster hinterlassen
Eine alte Geschichte
Wird so von Schaumkrone zu Schaumkrone
weitergetragen

Er hat keine Fahrkarte

Das Meer, ja, das Meer
Der Efeu, zusammengekauert an Felsen
Wächst in die nackte Mitternacht
Dem Gefieder der Möwen entlang, das Licht in die
Dunkelheit wirft
Und vereint sich mit der Oberfläche des Mondes
Die Flut ist verstummt
Muschel und Meerjungfrau beginnen ihr Lied

Er hat keine Fahrkarte

Die Jahre sind zu keinem Ende gekommen
Im versunkenen Boot steht ein Feuer bevor
Von neuem entzündet es rote Korallenflammen
Mit den Wellen
Tauchen die Augen der Toten in ungewissem Leuchten
Aus der Tiefe des Meeres auf

Er hat keine Fahrkarte

Ja, es macht schwindeln
Die Sonne, die das Ufer austrocknet
Sie macht schwindeln

Er hat keine Fahrkarte

In der Irre

Mit dem Gurren der Tauben
Bin ich dich suchen gegangen
Hoch sperrte der Wald den Himmel ab
Auf dem schmalen Weg
Wies mich eine verirrte Pusteblume
Zum blaugrauen See
In den matt schwankenden Spiegelbildern
Habe ich dich gefunden
Jene unauslotbaren Augen

Ein Jahrzehnt

Auf der vergessenen Erde
Mischten sich die Jahre mit dem Klang von
Pferdegeschirr
So schallten sie Nächte hindurch, auch die Wege unter
der schwankenden
Last keuchten und formten sich zu einem Lied
Das die Menschen überall hintrugen
Das Halsgeschmeide einer Frau stieg mit den
Beschwörungsformeln
Wie zur Wahrheit geworden in den Nachthimmel hinauf
Die Leuchtziffern schlugen zügellos die Stunden
Die Zeit war so zuverlässig wie ein Eisengatter
Nur der Wind, zurechtgestutzt von verwitterten
Zweigen
Konnte hindurch oder kommen und gehen
Blumen, die nur in Büchern zur Blüte gelangten,
Waren, auf immer eingesperrt, die Geliebten der
Wahrheit
Aber die gestern zerschlagene Lampe
Glühte so hell in den Herzen der Blinden
Bis zum Moment der Erschießung
In den plötzlich geöffneten Augen
Blieb ein Mörder das letzte Porträt

Morgen, nein

Dies ist kein Abschied
Denn wir sind uns nie begegnet
Auch wenn einmal in den Straßen
Schatten auf Schatten lag
Wie ein einsamer Gefangener auf der Flucht

Morgen, nein
Morgen ist nicht die andere Seite der Nacht
Wer Hoffnungen hegt
Ist ein Verbrecher
Laß die Geschichte, die in der Nacht begann
Auch in der Nacht beendet sein

Komet

Komm zurück oder geh für immer
Steh nicht so an der Tür
Wie eine Statue aus Stein
Mit dem Blick, der keine Antwort will
Diskutierst du alles zwischen uns

Schwer vorstellbar
Ist nicht die Dunkelheit, sondern der Tagesanbruch
Die Fortsetzung von Lampenlicht
Vielleicht erscheint ein Komet
Mit den Trümmern von Ruinen
Und den Namen der Verlierer am Schweif
Daß sie aufblitzen, brennen, zu Asche werden

Komm zurück, wir errichten das Haus neu
Oder geh für immer wie ein Komet
Der hell und kalt wie gefrorener Tau
Die Dunkelheit verwirft, um in der Dunkelheit zu versinken
Auf seinem Weg durch einen weißen Korridor eingefaßt von zwei Abenden
Im Tal mit dem Echo von allen Seiten
Singst du allein

Auf den Winter zu

Der Wind hat die letzte Wärme der Spatzen
In die untergehende Sonne geblasen

Auf den Winter zu
Wir sind nicht geboren für
Eine heilige Prophezeiung, los
Vorbei an der Bogentür, die ein buckliger Alter bildet
Lassen wir den Schlüssel zurück
Vorbei an den großen Hallen mit dem Tanz der
Geisterschatten
Lassen wir die Alpträume zurück
Lassen wir alles Überflüssige zurück
Wir sind nichts schuldig
Wir versetzen auch unsere Kleidung, Schuhe
Und die letzte Ration
Lassen wir die klingenden Münzen zurück

Auf den Winter zu
Stimm ein Lied an
Kein Segen und auch keine Gebete
Wir kehren gewiß nicht zurück
Um die grüngemalten Blätter zu verzieren
In einer schalgewordenen Jahreszeit
Können Früchte, die keinen Wein geben
Auch nicht zu Essig werden
Dreh aus Zeitungen Zigaretten
Und laß die schwarze Wolke ergeben wie ein Hund
Wie ein Hund neben dir
Alle Lügen unter der Sonne wegwischen

Auf den Winter zu
Und nicht im Grün der Verrohung
Versinken, die überall zu Hause ist
Auch nicht die Beschwörungen des Donners
wiederholen
Daß die Auslassungen des Denkens zu Ketten von
Regentropfen werden
Oder unter der Überwachung des Mittags
Wie ein Verbrecher die Straße hinuntergehen
Und rücksichtslos auf den eigenen Schatten treten
Oder sich hinter einem Vorhang verbergen
Um stammelnd die Worte der Toten zu rezitieren
Und die wilde Freude der Gepeinigten zu zelebrieren

Auf den Winter zu
Wo die Flüße gefroren sind
Beginnen die Wege zu strömen
Krähen auf den Springsteinen am Flußufer
Brüten Monde aus
Wer erwacht, weiß
Ein Traum wird die große Erde befallen
Und sich als Morgenreif setzen
Und all die ausgelaugten Sterne austauschen
Die böse Zeit wird innehalten
Und die Eisberge werden nicht müde
Die Statuen einer ganzen Generation abzugeben

Prost

Dieser Becher ist voller Nacht
Ohne Lampenlicht, das Zimmer treibt darin herum
Die punktierte Linie der Asphaltstraße reicht bis zu den
Wolkenschichten
Sie findet ohne Luftstrom hinauf, ich denke an
Gestern, inmitten von Blitzen Frieden suchen
Die Regenschwalben flüchten sich in den Stadtturm
Frei vom Staub
Aber Gewehr um Gewehr und Blumensträuße
Bilden Wälder, die auf den Himmel der Liebenden zielen
Der Sommer ist vorbei, rote Hirse
Erhebt sich über schwankenden Grasmützen
Das Wachsen und Vergehen von Unglück
Läßt sich nicht zurückweisen, in deinen Pupillen
Ist die Nacht so sanft, wer
Kann zwei Wagen, entgegengesetzt im Nebel, aufhalten
Die jetzt zusammenstoßen

Du wartetest im Regen auf mich

Du wartetest im Regen auf mich
Der Weg führte in die Tiefe des Fensters
Die Hinterseite des Mondes war sicherlich kalt
Jene Sommernacht: ein weißes Pferd, ein Nordlicht in Eile
Wir haben lang gezittert
Geh, sagtest du
Laß den Zorn uns nicht zerstören
Wie ein Berg, der in die Jahre kommt,
Verdammt ist zur Abhängigkeit
Wir haben uns verpaßt an zahllosen Kreuzungen
Aber in einer Wüste sind wir uns wiederbegegnet
Alle Epochen sammeln sich hier
Adler und auch Kakteen
Sammeln sich hier
Wirklicher als Traumbilder in Luftspiegelungen
Wer Geborenwerden fürchtet und
Das Lächeln, das zur rechten Zeit keine Maske trägt
Gibt alles dem Untergang anheim
Jene Sommernacht war nicht das Ende
Du wartetest im Regen auf mich

Ein Lebenslauf

Einst bin ich mit Paradeschritten am Großen Platz
vorbeigegangen
Das Gehirn blankgeschoren
Um noch besser die Sonne zu suchen
Doch als der Wahnsinn Saison hatte
Habe ich die Richtung gewechselt, konnte hinter
Gattern
Bergschafe mit teilnahmslosem Ausdruck sehen
Und dann auf weißem Papier wie auf Salz-Alkali-Böden
Erblickte ich das Ideal
Ich habe ihm zuliebe den Rücken gebeugt
Denn ich meinte gefunden zu haben für den Ausdruck
der Wahrheit
Die einzige Methode
Ein Bratfisch träumte vom Meer
Hurra! Ich habe verdammt nur einmal die Stimme
erhoben
Da war schon das Alter und mein Bart
Verflocht sich wie unzählige Jahrhunderte
So führte ich mit der Geschichte Krieg
Messer und Götzen
Wurden mir Verwandte, aber nicht um der Welt
Gutzutun, aufgebrochen in den Fliegenaugen
In den Bücherpacken, die endlos stritten,
Haben wir in Ruhe und mit Gewinn
Das Münzgeld geteilt aus dem Weiterverkauf eines
Sternes
In einer Nacht habe ich im Spiel den Gürtel
Verloren und bin splitternackt auf die Erde
zurückgekehrt

Habe eine Zigarette angezündet
Stumm war sie, ein Gewehr mit tödlichem Ausgang für die Mitternacht
Seit Himmel und Erde sich umkehrten
Hänge ich kopfüber an einem alten, fetzengleichen Baum
Mit dem Blick in die Ferne

Komplize

Viele Jahre sind dahingegangen, der Glimmer
Blitzt aus dem Treibsand
Böse und hell
Wie die Sonne in den Augen einer Viper
Aus dem Dickicht der Hände kommen und gehen
Nebelstraßen
Wo ist der jugendliche Hirsch
Oder die Einöde, die mit ihren Gräbern
Zum Städtchen wurde
Freiheit ist nur
Der Abstand zwischen Jäger und Gejagtem
So sehen wir
Auf dem breiten Hintergrund von Porträts der
Vätergeneration
Die runden Bögen der Fledermäuse sich mit der
Dämmerung
Auflösen

Wir sind nicht ohne Verbrechen
Früh sind wir mit der Geschichte im Spiegel
Zu Komplizen geworden, wir warten auf den Tag
Wo wir in der Lava eines Vulkans ablagern
Und zu einer Quelle erkaltend
Erneut die Finsternis schauen

Boddhisattva

Die fließenden Falten deines Gewandes
Sind dein schwacher Atem

In den winkenden Handflächen deiner tausend Arme
Öffnet sich Auge um Auge
Sie rühren an die elektrisierte Stille
Alle Dinge werden eins
Wie im Traum

Auf blühendem Lotos hast du deine Beine gekreuzt
Freude hat ihren Ursprung im Morast

Nach hundert Jahren Hunger und Durst
Steht in deiner Stirn die Perle
Für die unbezwingbare Macht des Meeres
Das einen Sandkorn durchsichtig werden läßt
Wie Wasser

Wach stehst du vor dem Tag
Wenn auch immer noch in tiefem Schlaf

Du hast kein Geschlecht
Deine halbnackte Brust beginnt zu schwellen
Es ist nur das Verlangen nach Mutterschaft
Zu säugen die Schmerzen der Welt
Daß sie wachsen

Shu Ting

Shu Ting (geb. 1952) stammt aus Xiamen (Amoy) in der südchinesischen Provinz Fujian. Durch die Verbannung ihres Vaters als »rechtes Element« während der Hundert-Blumen-Kampagne (1957) und durch den frühzeitigen Tod der Mutter, blieb sie allein mit ihren beiden Geschwistern zurück. Durch ihre Verwandtschaft kam sie sehr bald in Berührung mit der abendländischen Literatur des 19. Jahrhunderts (u. a. Tolstoi, Balzac, Zola). Ihre Schulbildung besteht aus dem Abschluß der zweiten Klasse der Mittelschule. Von 1969 bis 1972 wurde Shu Ting aufs Land verschickt. Bevor sie 1975 eine feste Anstellung als Arbeiterin in der Glühbirnenfabrik von Xiamen fand, ging sie Gelegenheitsarbeiten nach. Seit 1980 erhält sie vom Schriftstellerverband der Provinz Fujian ein festes Monatsgehalt, so daß sie sich ganz dem Schreiben widmen kann. Erste Veröffentlichungen liegen seit 1975 vor, das Ungewöhnliche und Neue des lyrischen Tons wird in unmittelbaren Zusammenhang mit der frühen Beschäftigung mit Xu Zhimo, Dai Wangshu, Bian Zhilin, He Qifang, Whitman, Baudelaire, Lorca, Neruda u. a. gebracht, mit Lyrikern also, deren Lektüre während der Kulturrevolution verboten war. Trotz der offiziellen Ehrung, die Shu Ting 1981 mit der Verleihung des Jugendlyrikpreises für das Gedicht »Vaterland! Liebes« erhält, sind ihre dichterischen Werke umstritten, da sie zu der »Obskuren Lyrik« (menglongshi) gehören. Das mag ein Grund sein, warum Shu Ting drei Jahre lang geschwiegen und erst 1985 wieder zu publizieren begonnen hat.

Vaterland! Liebes

Ich bin das ausgeleierte Schöpfrad am Flußrand,
Das seit vielen hundert Jahren erschöpfte Lieder spinnt;
Ich bin die rußige Grubenlampe auf deiner Stirn,
Die dich auf deiner schneckengleichen Suche nach
deiner Geschichte zeigt;
Ich bin eine verwelkte Reisähre; eine verfallene
Bahnschwelle;
Bin der Schleppkahn auf einer Sandbank,
Der das Tau tief
In deine Schultern schnürt;
– Vaterland!

Ich bin die Armut,
Ich bin die Trauer,
Ich bin deiner Vorfahren
Schmerzvolle Hoffnung, ja,
Bin im schwingenden Ärmel von Dunhuangs tanzenden
Elfen
Die Blüte, die nie zur Erde fiel;
– Vaterland!

Ich bin deine unberührte Hoffnung,
Gerade befreit aus dem Spinnennetz der Legenden;
Ich bin die Knospe von altem Lotos unter deinem
Schneehang;
Ich bin deinen Tränen das Grübchen;
Ich bin die neugezogene schneeweiße Startlinie;
Ich bin der hellrote Morgen
Im ersten Schein;
– Vaterland!

Ich bin ein Teil unter deiner Milliarde,
Bin die Summe deiner fünf Millionen km^2;
Mit deinen vernarbten Brüsten
Hast du mich genährt,
In meiner Verlorenheit, in meinen Zweifeln, in meinem Überschäumen;
Aus meinem Fleisch und Blut
Nimmst du
Deinen Reichtum, deinen Glanz, deine Freiheit;
– Vaterland,
Liebes!

(April 1974)

Zur Widmung

Du dauerst mich
An Bord mit dem ausufernden Mondlicht
Unterwegs im dichten Regen
Zuckst du die Schultern, faltest die Hände
Als fröstelte dir
Du sagst nicht, was du denkst
Du hast auch keine acht
Auf die Schritte an deiner Seite
So langsam gesetzt
Wenn du Feuer wärst
Wollte ich Holzkohle sein
Dir zum Trost
Fehlte mir nicht der Mut

Ich erhebe dir zum Preis die Hände
Es ist für das Blitzen des Mitternachtslichts in deinem Fenster
Es ist für die Beugung des Körpers vor dem Bücherschrank
Wenn du deine Offenbarungen kundtust
Sind es die Frühlingsfluten, die erneut über deine
Flußufer treten
Nein, du fragst nicht
Was ich unter deinem Fenster denke
Jeden Abend
Wenn du ein Baum wärest
Wollte ich die Erde sein
Dir zur Mahnung
Fehlte mir nicht der Mut

(November 1975)

Begegnung

Der Morgenwind
  Hat mit dem Perlentau
Auch die Zikadenstimmen herunterfallen lassen;
Der kleine Pfad
  Zieht sich krumm
Zwischen grünen Schatten und roter Mauer dahin.
Zweige halten immer wieder mein Kleid,
Blumen wollen mich durch ihren Duft versuchen.
Auch ich habe einmal den Körper gebeugt,
Um von den glänzenden Spinnweben
Die goldenen Käfer zu befreien.
Auch ich wollte den Mund spitzen
Für ein paar schrille Pfiffe
Und für Vogelgezwitscher . . .

Aber all das
Hat meine Schritte nicht
Lange zum Bleiben bewegen können.
Ich bin da, eisvogelfarbenes Meer,
  Am Ende eines Weges aus Insektengesumm,
  Auf den Schultern schwanken die Blüten.
An diesem einen Sommermorgen
Habe ich mich vielleicht zuviel geteilt,
Aber nur wenn du in mir bist,
Kann ich all die Freiheit meines Körpers abtreten.

(Juli 1976)

Testament

Ich hinterlasse dir Demütigungen,
Die rassische Diskriminierung unauffälliger Art,
Sie werden deine Blütenjahre verstellen.
Ja, laß alles Leiden
Mich tief in den Erdengrund drücken!
Deine ersten, ungeübten und beschwerlichen Schritte
Hören nicht auf, auf meiner geschundenen Brust
Frische Wunden bloßzulegen.
Kind, warte nicht auf die
Morgen- und Abendfluten der Historie,
Daß sie dir dein Brandzeichen auswaschen,
Mutters Blut ist ohne Gift,
Du bist kein Verbrecher,
Auch wenn du im Strudel deiner weißen Augen
Wie deine Mutter
Das Recht bewahrst, ein einfacher Mensch zu sein.

Ich hinterlasse dir Haß,
Aber hasse nicht
Alles.
Hasse nicht die Erde, die ihre Farbe verändert hat
Durch mein Blut;
Hasse auch nicht die Kugeln, die ohne Bewußtsein sind;
Noch weniger die Arme,
Die unter Gewehrkolben zittern.
Hasse die Finsternis, die keinen Unterschied macht
zwischen Schwarz und Weiß;
Hasse die Finsternis, die dem Unrecht Hort ist;
Hasse die Finsternis,
Die Herz und Augen innewohnt, mit der Geburt, mit
dem Leben!

Um ihretwillen
Zielt ein argloser Jüngling
Auf die Brust,
Die ihn gesäugt hat.

Kind, vergiß nicht,
Ich hinterlasse dir
Ein kostbareres Gut,
Stärker als der Haß,
Die Liebe, unverfälscht
Und unbescholten.
Sie sei deiner Hautfarbe und Sprache ein Hort,
Auch wenn sie manchmal abweisend und karg ist;
Sie gebe deinem Glauben einen Weg,
Vielleicht, daß ihr Augenschein dich zu verwerfen vorgibt;
Liebe nicht allein, was licht ist, das Lächeln,
Sondern auch jeden Seufzer
Aus der Tiefe deiner Brust.
Kind, liebe nicht nur die anderen,
Sondern mach auch dich deiner Liebe wert:
Deine Seele sei ohne Fehl,
Dein Herz unverstellt wie Jade.

Ja, ich hinterlasse dir Trauer,
Aber weine nicht.
Um Mitternacht aus dem Traum
Rufst du Mutter,
Tränen im verstörten Gesicht,
Ein kleiner naturbelassener Bach . . .

Kind, sieh den Mond!
Sanft und still
Schaut er dich an,
Von nun an im Leben und im Sterben
Wird zwischen euch eine ewige Distanz sein,
Aber auf jeden Menschen,
Auf jeden Weg läßt er sein Licht fallen.

Ich stehe auf einem Deich
Und hinterlasse dir einen Posten, freigehalten für dich,
Alle Wellen, die mir galten,
Werden auch auf dich schlagen.
Ich bedaure nichts,
Und du, weiche nicht.

(August 1979)

Drillingsblume am Sonnenfelsen

Es hängt ein tosender Wasserfall
Eine einsame Steinwand herab
So bietet denn die beschränkteste Speisung
Das reichste Selbst an
Ein prunkvoller Pavillonschirm
Wehrt der Einöde Wind und Regen ab
Und je mehr dies ein Ort mit Namen Unbehaustheit ist
Desto freier entfaltet die Drillingsblume ihre Schönheit
Ungebunden auf Mauern, am Wegesrand
Ob Grashang, ob Steinritze
Hat es nur Sonne über die Jahre
Sind Frühling, Sommer, Herbst und Winter
Zeit deiner Blüte
Ja, über mir du
Zu Füßen du
Und auch hinter geschlossenen Lidern
Selbst in der Fremde
Macht die Erinnerung
An die Drillingsblume am Sonnenfelsen
Den Blick weich und selbstvergessen
Das Herz, weiß nicht, ist dann Trauer, ist Freude

(August 1979)

Die Stimme einer Generation

Nein, ich erhebe keinen Einspruch
Gegen mein Los.
Gegen die verpaßte Jugend,
Die deformierte Seele,
Gegen die zahllosen schlaflosen Nächte,
Die Erinnerungen aus Bitterkeit hinterließen.
Ich habe alle Begriffe umgestoßen;
Habe jedes Joch zerschlagen;
Im Herzen ist nur geblieben
Der augenscheinliche Zerfall . . .
Aber, ich bin aufgestanden,
Stehe an weitem Horizont,
Niemand, nichts
Soll mich erneut niederstoßen.

Wenn ich in einem »Märtyrer«-Grab läge,
Das Moos zerfräße die Schriftzeichen auf der Steintafel;
Wenn ich hinter Gittern lebte,
Stritte ich mit den Fesseln um wahre Gesetze;
Wenn meinem Leib alle Kraft genommen wäre,
Arbeitete ich wie zur Sühne ohne Unterlaß;
Solches wäre nur
Meine Tragödie –
Und vielleicht hätte ich Nachsicht,
Vielleicht meine Tränen und meinen Zorn
Beruhigt.

Aber für die Väter der Kinder,
Für die Kinder der Väter,
Für die stummen Anklagen überall unter den

Gedenkstätten, niemandes Beunruhigung;
Für all diejenigen, die keinen Ort haben für ihren Schlaf,
Damit sich künftig unsere Blicke nicht wieder abwenden;
Für die unverformten Kinder in hundert Jahren;
Daß sie keine Not haben an den Geschichtsrätseln, die
uns hinterlassen sind;
Für das noch Ungeschriebene unseres Landes,
Für das Unwegsame unserer Nation,
Für das Unbescholtene des Himmels
Und die Richtigkeit des Weges
Verlange ich Wahrheit!

(Januar-Februar 1980)

Das Fließband

Im Fließband der Zeit
Folgt Abend auf Abend
Wir zerstreuen uns vom Fließband der Fabrik
Und kehren im Fließband mit dem Schichtwechsel heim
Über uns
Zieht das Fließband der Sterne das Himmelsgewölbe
An unserer Seite
Starren Bäumchen im Fließband stumpf vor sich hin

Die Sterne sind sicherlich schon müde
Seit Tausenden von Jahren
Ist ihre Reise dieselbe geblieben
Und die kleinen Bäume sind alle krank
Staub, der wie Rauch dahingeht, und Monotonie
Haben ihnen die Gestalt und Farbe genommen
Ruhend in ein und demselben Takt
Ging all das in mein Empfinden ein

Aber seltsam
Allein ich vermag nicht zu spüren
Meine eigene Existenz
Dem Waldesdickicht gleich, der Sternenfülle
Vielleicht aus Gewohnheit
Vielleicht aus Schmerz
Fehlt mir die Kraft, mich zu scheren
Um die Verdinglichung meines Körpers

(Januar-Februar 1980)

Zum Abschied

Das menschliche Leben sollte
  Viele Haltestellen haben
Und an jeder Station
Ein Licht im Dunst
Auch wenn niemandes Schultern
  Das Wehen des Windes aufhalten
Und niemandes erfrorene Finger
  Für dich den weißen Schal binden
So will ich doch dem Licht dieser Nacht nacheifern und
hell sein
Selbst wenn Eis
  Alle Wege blockiert
Brechen immer noch Menschen in die Ferne auf

Wir sind zum Untergang bestimmt
  Von den zahllosen Tagen und Nächten
Bitte ich nur
  Um einen ruhigen Morgen
Ein zerknittertes Taschentuch
  Läge ausgebreitet auf einer feuchten langen Bank
Du schlägst dein blaues Notizbuch auf
Unter dem Mango-Baum die Stimme des Regens aus
letzter Nacht
Nach zwei Versen geh
Ich merke mir
  Die Fußspuren und deine Silhouette
Eingeschrieben in den Weg am See

Ohne Abschied und Wiedersehen
Ohne Freude und Trauer

Was ist die Seele
Was das Leben

(April 1980)

Genagelt ans Kreuz der Dichtung
Meiner Mutter im Norden

Ich bin genagelt an
Das Kreuz meiner Dichtung
Um eine Fabel zu vollenden
Um mich einem Ideal zu beugen
Der Himmel, die Milchstraße und die Berge
Haben mich auserkoren
Das übergroße Opfer zu tragen
So nehme ich mein Herz
Halte es hoch in den Händen
Das von Schmerz und Glück
Tausendfach durchbohrte Herz!
Das aus Zorn und Erwartung
Sich entgrenzende und schließende Herz!
Das um der Freiheit und des Stolzes willen
Geläuterte und durchsichtig gemachte Herz!
Mein Herz
Das unter Blicken aus jedem Winkel
Lichtstrahlen wie ein Regenbogen wirft

Aber ich bin müde, Mutter
Nimm deine Hand
Leg sie auf meine fiebernde Stirn

Ich habe feilgehalten
Die Blüte meiner Trauer
Auch wenn sie aus Mißachtung zu Schmutz zertreten wurde
Ich habe meine erste Arglosigkeit feilgehalten
Auch wenn sie besudelt wurde, von Zweifeln bewölkt

Unbefleckt und auch scheu strecke ich beide Hände aus
Und bitte alle, die fortgehen
Umzukehren
Ich beschönige nicht meine Schwäche
Auch das Wehen meines Haares ist ein Teil der Welt
geworden
Rote Häuser, alte Banyan-Bäume, Fischleuchten in der
Bucht
Formen sich in meinen Augen zur Schrift
Die Zeichen bringen Laute hervor
Wellenförmig ergießen sie sich überallhin
Um die noch unbetroffenen Seelen zu
Berühren

Aber ich bin müde, Mutter
Nimm deine Hand
Und lege sie auf meine fiebernde Stirn

Das Sonnenlicht meint es gut mit mir
Es fließt in meine dünnen Schultern
Wind und Regen lassen mich verwittern
Nehmen die Kindlichkeit aus meinem Gesicht
Ich bin genagelt an
Das Kreuz meiner Dichtung
So sollen alle Anrufungen, seien sie Chorgesänge
Wie Sternenregen auf meinen Körper fallen
So soll der Kondor als Himmelsstrafe
Tag für Tag an meinen Eingeweiden fressen
Ich gehöre nicht mir, sondern gehöre
Der Fabel

Dem Ideal
Wenn auch niemandem sonst
So haben sie mich doch zu Stein werden lassen
Das Leben
Gesegnet durch meine Lieder
Wird aufschlagen Flügel um Flügel die fest-
verschlossenen Blendläden
Und die Sternwinde, die ohne Umkehr ist
Wird sich öffnen

Auch wenn ich müde bin, Mutter
Hilf mir
Ganz vorne zu stehen

(Oktober 1980)

Die Wand

Mir ist keine Macht gegeben, mich der Wand zu
erwehren,
Nur die Hoffnung auf Widerstand.

Wer bin ich? Was ist sie?
Sehr wahrscheinlich
Ist sie meine alternde Haut
Weder spürt sie die Kälte von Wind und Regen
Noch den Duft von Orchideen
Oder ich: nur Wegerich
Zur Verschönerung
Ein Parasit in ihren sandigen Ritzen
Meine Beiläufigkeit ist ihre Notwendigkeit

Des Nachts beginnt die Mauer zu leben
Sie streckt ihre weichen Fangarme aus
Um mich auszupressen
Um mich auszusaugen
Strecken soll ich mich nach jedweder Gestalt
Erschreckt fliehe ich auf die Straße
Entdecke dort denselben Alptraum
An den Fersen eines jeden
Straßenzüge voller Schreckensblicke
Wände aus Eis

So weiß ich denn
Widerstehen muß ich mir
Meiner Anpassung an die Wand
Meinem Gefühl, in dieser Welt nicht behaust zu sein

(31. 10. 1980)

Riffe und Signalfeuer

Steh auf meiner Schulter, Liebe –
Sei mutiger.
Die schwarze Mauer drängt heran,
Sie stößt blutrünstige, dunkle Drohungen aus,
In den Schaumkronen erheben sich scharfe Krallen,
Zahllos reißen sie meine Wunden auf.
Der Schmerz geht durch mein Schweigen,
Das Schweigen wird zu Eisen.
Wenn meine Brust nicht
Um deinetwillen allen Angriffen widerstehen kann,
Liebe, will ich mutiger sein.

Steh auf meiner Schulter, Liebe –
Sei sanfter.
Die tiefen Wolken sind Omen,
Im Norden fällt gerade der Schnee.
Die Kälte entläßt die Bootsmannschaften, als tötete sie Schmetterlinge.
Die Matrosen kehren an Land zurück, sie sammeln sich am Ufer,
Mit ihren breiten Händen
Fahren sie über die nutzlosen Ruder und Masten.
In ihren Augen brannten
Inmitten der Gefahr – Tränen,
Liebe, sei sanfter.

Steh auf meiner Schulter, Liebe,
Sei freudiger.
Die Seemöwen können noch zurückkehren,
Die Sonne ist bereits über die westliche Halbkugel hinaus.

Morgen, in reiner Frühe
Werden an unserer Seite weiße Rosen blühen.
Du fühlst dich allein?
Vielleicht gar müde?
Aber höre, Liebe,
Es ist deine lichtvolle Überzeugung, die Richtungen bestimmt,
Sei freudiger!

(27. Januar 1981)

Ahornblatt

An einem Berghang, an einem Waldrand
Von einer sanften Hand
Aufgelesen
Dieses blattförmige Herz
Vielleicht gar nicht mal gedankenschwer
Trägt es nur die Narben, die der Reif schlug

Es ruft in mir wach
Eine Dämmerung, eine Allee
Das Abendlicht, das zarte Lippen
Verstummend
Mir leicht von der Schulter bliesen
Aber heute in mich zurückgekehrt
Ist es über die Maßen schwer

Ich kann dieses Ahornblatt leugnen
Es leugnen, als wiese ich eine Intimität zurück
Aber nun bei jedem Windstoß
Wende ich unwillkürlich den Kopf
Und vernehme dein hilfloses Zittern am Ende des Zweiges

Gu Cheng

Gu Cheng (geb. 1956) aus Peking ist Chinas poèt maudit. Nach eigenen Angaben hat er, Sohn des namhaften Lyrikers Gu Gong (geb. 1928), nur drei Jahre von 1963 bis zum Ausbruch der Kulturrevolution eine Schule besucht und sich später sein Wissen durch die Lektüre des »Cihai«, des chinesischen Brockhaus', angeeignet. Er ist in seinem Leben bisher nur einmal für ein paar Jahre als Zimmermann in Peking einem festen Beruf nachgegangen. Sein Leben, das ihn erst seit seiner Heirat zu »reden« befähigt habe, beschreibt er als das einer Ameise (mayi de shenghuo). Sein Hauptinteresse gilt der Frage nach der Seele, ohne die alle menschliche Existenz zu der von Dingen und Tieren würde. Neben Whitman und Lorca haben ihn besonders Jean-Henri Fabres Aufzeichnungen über die Insektenwelt beeindruckt, weil in einer Gesellschaft, in der jeder dem anderen fremd sei (shui ye bu renshi shui), der Mensch zu einem Insekt werde. Gu Chengs Gedichte, die sich oft durch die Kürze der Form, Schlichtheit der Aussage und eine einfache Sprache auszeichnen, gehören zur »Obskuren Lyrik« (menglongshi) und werden als »unverständlich« kritisiert.

Steinwände

Zwei hohe Steinwände
Schräg aneinandergedrängt.

Soviel brennender Haß
Hat die eisenschwarzen Körper krumm gebrannt.

Die Bäume haben ihre Wurzeln straffgezogen,
Die Felsen lassen die Muskeln spielen,
Furchtbare Kämpfe stehen bevor,
Es bedarf nur eines weiteren Tautropfens.

Doch der Tropfen hat sich indes verdichtet
Und auch die Zeit ist zu einem Festkörper geworden.
So kann der uralte Haß überdauern,
Welch Wunder, fürwahr.

Eine Generation

Die Nacht hat mir dunkle Augen gegeben,
Ich gehe mit ihnen das Licht suchen.

Zwinkern

In einem Zeitalter der Fehler hegte ich
»falsche Gefühle« der folgenden Art

Mein Glaube ist unverrückbar,
Meine Augen schauen unverwandt.

Regenbogen
Treiben in schäumender Quelle,
Blicken sanft auf die Passanten,
Ein Zwinkern –
Und schon sind sie Schatten von Schlangen.

Die Uhr
Ruht in der Kirche,
Still knackt sie mit den Zeigern,
Ein Zwinkern –
Und schon ist sie ein tiefer Brunnen.

Rote Blüten
Brechen auf der Leinwand auf,
Heißen inbrünstig den Frühlingswind willkommen,
Ein Zwinkern –
Und schon sind sie der Geruch von Blut.

Um meines unverrückbaren Glaubens willen
Ist aufgerissen das Augenrund.

Gefühle

Der Himmel ist grau
Der Weg ist grau
Das Gebäude ist grau
Der Regen ist grau

In all dem Totgrau
Kommen zwei Kinder daher
Das eine hellrot
Das andere leicht grün

Fern und Nah

Du
Schaust bald mich,
Bald die Wolken.

Als
Sei ich fern,
Die Wolken nah.

Bläschen

Zwei Bläschen, durch nichts eingeschränkt,
Steigen aus der Tiefe des Traumes auf . . .

Der alles verborgen hält, der Silbernebel
Löst sich im leichten Wind.

Wie ein Kind
Ziehe ich an euch in eurem Entschwinden.

Doch vergeblich, die Bläschen lassen sich nicht
Auf das Land der Wirklichkeit zurückbringen.

Bogenlinien

Vögel im Sturm,
Die schnell abdrehen

Jugendliche,
Die eine Münze aufheben

Weinranken, die sich nach ihrem Innenbild
Ausstrecken

Meereswellen, die im Zurückfluten
Ihren Rücken erheben

Zum Abschied

Heute
Will ich mit dir
Die uralte Schwelle überschreiten
Kein Glückwunsch
Kein Wiedersehen
All das wäre Spielerei
Am besten ist Schweigen
Was du für dich bewahrst, ist kein Betrug
Überlaß die Erinnerung der Zukunft
So wie den Traum der Nacht
Überlaß die Tränen dem Meer
Den Wind dem Segel

Ende

Der Blick eines Auges –
Und beendet war der Einsturz,
Am Flußrand erhob sich die Stirn eines Riesen.

Ein Segelboot legte Trauer an,
Langsam glitt es vorbei
Und breitete das dunkelgelbe Totentuch aus.

So viele Bäume in grüner Anmut
Beweinen schmerzgekrümmt
Den Krieger.

Gott hat das gefällte
Mondlicht in dichtem Nebel versteckt,
So hat alles sein Ende gefunden.

Die lastenden Bergschatten,
Der entfliehenden Historie Repräsentanten,
Machen immer noch wortlos ihre Aufzeichnungen.

Spalt

Ein Spalt
Nachlässigkeit von Steinstück und Holzbrett
Lockt verstohlene Blicke
Der Schuß eines Revolvers
Der angehaltene Atem am Gewehrlauf
Das Tönen des Frühlings
Die Suche der Saat nach der Sonne
Ein Tausendfüßler kettengleich kommt und geht vor
Dem Spalt

Inhaltsverzeichnis

Bing Xin

Guo Moruo

Xu Zhimo

Wen Yiduo

Lu Xun

Feng Zhi

Bian Zhilin

Quellenverzeichnis

Die Übersetzungen wurden nach den folgenden Augaben vorgenommen:

Bin Xin wenji Bd. 2, Shanghai 1983 (Shanghai wenyi chubanshe)

Guo Moruo quanji Bd. 1, Peking 1982 (Renmin wenxue chubanshe)

Xu Zhimo quanji Bd. 2, Taibei 1969 (Zhuanji wenxue chubanshe)

Wen Yiduo quanji Bd. 3, Hongkong o.J. (Nam Tung Stationary)

Lu Xun quanji Bd. 2, Peking 1982 (Renmin wenxue chubanshe)

Feng Zhi, Shisihang ji, Nachdruck Hongkong o.J. (Xianggang wenxin shudian)

Bian Zhilin, Yumuji (»Fischaugen«), Nachdruck Hongkong o.J. (Mee Ming Book Centre)

Lloyd Haft, Pien Chih-lin. A Study in Modern Chinese Poetry, Dordrecht 1983 (Floris Publications), S. 161-210 (Nachdruck von Bian Zhilins Gedichten im Original)

Dai Wangshu shixuan. Nachdruck Hongkong 1974 (Mee Ming Book Centre)

He Qifang wenji Bd. 1, Peking 1982 (Renmin wenxue chubanshe)

Zang Kejia, Heyun (»Kanal«), Nachdruck Hongkong o.J. (Wenhua shenghuo chubanshe)

Zang Kejia, Laoyin (»Brandmale«), Nachdruck Hongkong o.J. (Mee Ming Book Centre)

Zang Kejia shixuan, Hongkong 1978 (Xianggang qingnian chubanshe)

Ai Qing shixuan / Selected Poems, Peking 1982 (Foreign Languages Press), zweisprachige Ausgabe

Mao Zhuxi shici, Peking 1976 (Renmin wenxue chubanshe)
Die Gedichte *Schwimmen, Auf einen Prunusbaum, Auf ein*

Gedicht des Genossen Guo Moruo, Erneut den Jinggangshan hinauf erschienen zuerst in der von H. Martin herausgegebenen siebenbändigen Ausgabe *Mao-Terek*, München. © der deutschen Übersetzung: Hanser Verlag 1979, 1982.

Zheng Chouyu shixuan ji, Taibei 1974 (Zhiwen chubanshe)

Bonnie S. McDougall (Hg.), Notes from the City of the Sun: Poems by Bei Dao, Ithaca 1983 (Cornell University), zweisprachige Ausgabe

Bei Dao, Qiaobi shang de chuanghu (»Das Fenster auf der Klippe«), hektographiertes Manuskript des Autors, Peking 1983, 54 S.

Bei Dao, Mosheng de haitan (»Fremde Küste«), Hongkong o.J.

Shu Ting, Shuangweichuan (»Zweimaster«), Shanghai 1982 (Shanghai wenyi chubanshe)

Menglongshi xuan, Shenyang 1982 (Liaoning daxue)

Shu Ting, Gu Cheng yuqing shixuan, Fuzhou 1982 (Renmin chubanshe)

Bi hua et alii (Hg.), Jueqi de shiqun, Hongkong 1984 (Dangdai wenxue) (enthält eine Auswahl von Gedichten von Bei Dao, Shu Ting und Gu Cheng)

China
im Insel und Suhrkamp Verlag

Ba Jin: Die Familie. Aus dem Chinesischen von Florian Reissinger. Mit einem Nachwort von Wolfgang Kubin. st 1147

– Kalte Nächte. Roman. Aus dem Chinesischen von Sabine Peschel und Barbara Spielmann. Mit einem Nachwort von Wolfgang Kubin. Gebunden. (Suhrkamp)

– Shading. Erzählung. Aus dem Chinesischen von H. Forster. BS 725

Bartke, Wolfgang: Die großen Chinesen der Gegenwart. Ein Lexikon 100 bedeutender Persönlichkeiten Chinas im 20. Jahrhundert. Leinen und st 1144

Blick übers Meer. Chinesische Erzählungen aus Taiwan. Herausgegeben von Helmut Martin, Charlotte Dunsing und Wolf Baus. es 1129

Chinesische Liebesgedichte aus drei Jahrtausenden. Aus dem Chinesischen von Ernst Schwarz. Mit zeitgenössischen Illustrationen. it 442

Chinesische Novellen. Übertragen von Franz Kuhn. Herausgegeben von Vénceslava Hardlicková. it 848

Chinesische Volkserzählungen. Ausgewählt und mit einem Nachwort von Kuan Yu-Chien. Mit Illustrationen von I-Ching Cheng. it 522

Chinesisches Theater. Mit Materialien zur Geschichte des chinesischen Sprechtheaters. Herausgegeben von Bernd Eberstein. Gebunden

Dahmer, Manfred: Qin. Die klassische chinesische Griffbrettzither und ihre Musik in Geschichte, Geschichten und Gedichten. Mit zahlreichen Illustrationen. IB 1024

Deutsche Denker über China. Herausgegeben von Adrian Hsia. it 852

Ding Ling: Das Tagebuch der Sophia. Aus dem Chinesischen von Bernd Fischer, Anna Gerstlacher, Johanna Graefe, Renate Krieg, Wolfgang Kubin, Julia Mollée, Eva Sternfeld. BS 670

Die drei Reiche. Roman aus dem alten China. Aus dem Chinesischen von Franz Kuhn. Mit 24 Holzschnitten. it 585

Eich, Günter: Aus dem Chinesischen. BS 525

Eisherz und Edeljaspis oder Die Geschichte einer glücklichen Gattenwahl. Ein Roman aus der Ming-Zeit. Übertragen von Franz Kuhn. Mit 16 Holzschnitten. it 123

Gernet, Jacques: Die chinesische Welt. Die Geschichte Chinas von den Anfängen bis zur Jetztzeit. Aus dem Französischen von Regine Kappeler. Leinen und Sonderausgabe

77/1/2.85

China
im Insel und Suhrkamp Verlag

Granet, Marcel: Das chinesische Denken. Inhalt-Form-Charakter. Übersetzt und eingeleitet von Manfred Porkert. Mit einem Vorwort von Herbert Frank. stw 519

– Die chinesische Zivilisation. Familie-Gesellschaft-Herrschaft. Von den Anfängen bis zur Kaiserzeit. Übersetzt und eingeleitet von Claudius C. Müller. Mit einem Vorwort von Wolfgang Bauer. stw 518

Guo Moruo: Kindheit. Autobiographie, erster Teil. Aus dem Chinesischen von Ingo Schäfer. Gebunden

– Jugend. Autobiographie, zweiter Teil. Aus dem Chinesischen von Ingo Schäfer. Gebunden

Hsia, Adrian: Hermann Hesse und China. Darstellung, Materialien, Interpretationen. Gebunden und st 673

Kaltenmark, Max: Lao-tzu und der Taoismus. Aus dem Französischen von Manfred Porkert. es 1055

King Ping Meh oder die abenteuerliche Geschichte von Hsi Men und seinen sechs Frauen. Aus dem Chinesischen und mit einem Nachwort von Franz Kuhn. Lederausgabe, Geschenkausgabe und it 253

Konfuzius: Die Weisheit des Konfuzius. Übersetzt und eingeleitet von O. H. Stange. IB 830

Lao She: Die Stadt der Katzen. Phantastischer Roman. Aus dem Chinesischen von Volker Klöpsch. st 1154

– Das Teehaus. Mit Aufführungsfotos und Materialien. Herausgegeben von Uwe Kräuter und Huo Yong. es 1054

Lao Tse: Die Bahn und der rechte Weg. Der chinesischen Urschrift nachgedacht von Alexander Ular. IB 991

– Führung und Kraft aus der Ewigkeit. Aus dem Chinesischen von Erwin Rousselle. it 849

Lorenz, Richard (Hg.): Umwälzung und Gesellschaft. Zur Sozialgeschichte der chinesischen Revolution (1911-1949). es 870

Lu Xun: Die wahre Geschichte des Ah. Q. Erzählung. Übertragen von J. Kalmer, bearbeitet von O. v. Törne. BS 777

Mäding, Klaus: Strafrecht und Massenerziehung in der Volksrepublik China. es 978

Mao Dun: Schanghai im Zwielicht. Roman. Mit einem Geleitwort von Mao Dun. Aus dem Chinesischen von Franz Kuhn. Revidiert von Ingrid und Wolfgang Kubin. Mit einem Nachwort von Wolfgang Kubin. st 920

77/2/2.85

China
im Insel und Suhrkamp Verlag

Moderne chinesische Erzählungen:
Band 1: Hoffnung auf Frühling. (1919-1949). Herausgegeben von Wolfgang Kubin.
Band 2: Hundert Blumen (1949-1979). Herausgegeben von Volker Klöpsch und Roderich Ptak. es 1010

Moderne chinesische Literatur. Materialien. Herausgegeben von Wolfgang Kubin. stm 2045

Nachrichten von der Hauptstadt der Sonne. Moderne chinesische Lyrik 1919-1980. Herausgeben von Wolfgang Kubin. es 1322

Needham, Joseph: Wissenschaft und Zivilisation in China. Band 1 der von Colin A. Ronan bearbeiteten Ausgabe. Aus dem Amerikanischen von Rainer Herbster. Leinen

– Wissenschaftlicher Universalismus. Über Bedeutung und Besonderheit der chinesischen Wissenschaft. Herausgegeben und aus dem Amerikanischen von Tilman Spengler. Leinen und stw 264

Die Rache des jungen Meh oder Das Wunder der zweiten Pflaumenblüte. Aus dem Chinesischen von Franz Kuhn. it 353

Die Räuber vom Liang Schan Moor. Ein altchinesischer Roman. Übertragen von Franz Kuhn. Mit 60 Holzschnitten. Zwei Bände. it 191

Schluchter, Wolfgang: Max Webers Studie über Konfuzianismus und Taoismus. Interpretation und Kritik. stw 402

Shen Cong-Wen: Erzählungen aus China. Aus dem Chinesischen von Ursula Richter. Mit einer Titelkalligraphie des Autors. Gebunden

– Die Grenzstadt. Novelle. Aus dem Chinesischen von U. Richter. BS 861

Spence, Jonathan D.: Ich, Kaiser von China. Ein Selbstportrait des Kangxi-Kaisers. Aus dem Englischen von Stefan B. Polter. Gebunden

Der Traum der roten Kammer. Ein Roman aus der frühen Tsing-Zeit. Aus dem Chinesischen von Franz Kuhn. Mit 34 Bildern nach alten chinesischen Holzschnitten und einem Begleitwort. it 292

Tschuang-Tse: Reden und Gleichnisse des Tschuang-Tse. Ausgewählt und mit einem Nachwort von Martin Buber. it 205

Wagner, Rudolf G. (Hg.): Literatur und Politik in der Volksrepublik China. es 1151

Waley, Arthur: Lebensweisheit im Alten China. Aus dem Englischen von Franziska Meister-Weidner. st 217

Watts, Alan: Der Lauf des Wassers. Eine Einführung in den Taoismus. Aus dem Amerikanischen von Susanne Schaupp. st 878

77/3/2.85

China
im Insel und Suhrkamp Verlag

Wen Kang: Die schwarze Reiterin. Roman aus der Tsing-Zeit. Aus dem Chinesischen von Franz Kuhn. Mit zeitgenössischen Illustrationen. it 474

Wilhelm, Hellmut: Die Wandlung. Acht Essays zum I-Ging. Mit einem Nachwort von Wolfgang Bauer. st 1146

Wilhelm, Richard: Die Seele Chinas. Mit einem Vorwort von Wolfgang Bauer und Abbildungen. Gebunden

77/4/2.85

Kataloge für
HORIZONTE Berlin 1985
im Insel Verlag:

Palastmuseum Peking
Schätze aus der Verbotenen Stadt.
Ausstellung der Berliner Festspiele GmbH im Martin-Gropius-Bau Berlin, 12. Mai – 15. Juli 1985.
Katalog zur Ausstellung.
Herausgegeben von Lothar Ledderose unter Mitarbeit von Herbert Butz.
Mehr als 280 Abbildungen, davon mehr als 50 in Farbe. Quart-Format, Broschur

Europa und die Kaiser von China
Ausstellung der Berliner Festspiele GmbH im Martin-Gropius-Bau Berlin, 12. Mai – 15. Juli 1985.
Katalog zur Ausstellung.
Herausgegeben von der Berliner Festspiele GmbH.
Mehr als 250 Abbildungen, davon 50 in Farbe. Quart-Format, Broschur

Berichte aus China 1245-1816
Textband zur Ausstellung »Europa und die Kaiser von China«.
Die europäische Sicht 1245-1816.
Originaltexte und Illustrationen.
Herausgegeben von Christoph Müller-Hofstede und Gereon Sievernich im Auftrage der Berliner Festspiele GmbH.
Mehr als 80 Abbildungen. Quart-Format, Broschur

79/1/2.85

edition suhrkamp. Neue Folge

198 Franz Böni, Der Johanniterlauf
199 Ngũgĩ wa Thiong'o, Der gekreuzigte Teufel
200 Walter Benjamin, Das Passagen-Werk. Hg. v. Rolf Tiedemann. Zwei Bände
201 Jugend und Kriminalität. Hg. v. Horst Schüler-Springorum
202 Friederike Mayröcker, Magische Blätter
203 Manfred Frank, Was ist Neostrukturalismus?
204 Chie Nakane, Die Struktur der japanischen Gesellschaft
205 Marguerite Duras, Sommer 1980
206 Roland Barthes, Michelet
207 Julius Posener, Geschichte der Architektur im 20. Jahrhundert
208 Grace Paley, Veränderungen in letzter Minute
209 Kindheit in Europa. Hg. v. Heinz Hengst
210 Stanley J. Stein/Barbara H. Stein, Das koloniale Erbe Lateinamerikas
211 Naturplan und Verfallskritik. Zu Begriff und Geschichte der Kultur. Hg. v. Helmut Brackert u. Fritz Wefelmeyer
212 Arbeitslosigkeit in der Arbeitsgesellschaft. Hg. v. Wolfgang Bonß u. Rolf G. Heinze
213 Tzvetan Todorov, Die Eroberung Amerikas
214 Ziviler Ungehorsam im Rechtsstaat. Hg. v. Peter Glotz
215 Peter Weiss, Der neue Prozeß
216 Ein Jahrhundert geht zu Ende. Hg. v. Karl Dedecius
217 Luise F. Pusch, Das Deutsche als Männersprache
218 Alfred Sohn-Rethel, Soziologische Theorie der Erkenntnis
219 Randzonen. Interviews – Kurzgeschichten. Hg. von Judith Ammann
220 Claude Lévi-Strauss / Jean-Pierre Vernant u. a., Mythos ohne Illusion
221 Christiaan L. Hart Nibbrig, Der Aufstand der Sinne im Käfig des Textes
222 V-Leute – Die Falle im Rechtsstaat. Hg. v. Klaus Lüderssen
223 Tilman Moser, Eine fast normale Familie
224 Juan Goytisolo, Dissidenten
225 Alice Schwarzer, Lohn: Liebe. Zum Wert der Frauenarbeit
226 Paul Veyne, Glaubten die Griechen an ihre Mythen?
227 Thank you good night. Hg. v. Bodo Morshäuser

228 »Hauptsache, ich habe meine Arbeit«. Hg. v. Rainer Zoll
229 »Mit uns zieht die neue Zeit«. Hg. v. Thomas Koebner
230 Gregorio Condori Mamani, »Sie wollen nur, daß man ihnen dient ...«
231 Paul Feyerabend, Wissenschaft als Kunst
232 Meret Oppenheim, Husch, husch der schönste Vokal entleert sich. Hg. v. Christiane Meyer-Thoss
233 Politik der Armut. Hg. von Stephan Leibfried u. Florian Tennstedt
234 Die Ökologie des Körpers. Hg. v. R. Erben, P. Franzkowiak, E. Wenzel
235 Die wilde Seele. Hg. von Hans Peter Duerr
236 Ignácio de Loyola Brandão, Kein Land wie dieses
237 Gerold Foidl, Scheinbare Nähe
238 Kriegsursachen. Red. Reiner Steinweg
239 Reform und Resignation. Gespräche über Franz L. Neumann. Hg. v. Rainer Erd
240 Tim Guldimann, Moral und Herrschaft in der Sowjetunion
241 Werner Abelshauser, Wirtschaftsgeschichte der Bundesrepublik Deutschland 1945–1980
242 Dirk Blasius, Geschichte der politischen Kriminalität in Deutschland 1800–1980
243 Kurt Kluxen, Geschichte und Problematik des Parlamentarismus
244 Peter Marschalck, Bevölkerungsgeschichte Deutschlands im 19. und 20. Jahrhundert
245 Wolfgang Wippermann, Europäischer Faschismus im Vergleich 1922–1982
246 Michael Geyer, Deutsche Rüstungspolitik 1860–1980
247 Volker Hentschel, Geschichte der deutschen Sozialpolitik 1880–1980
248 Detlef Lehnert, Sozialdemokratie zwischen Protestbewegung und Regierungspartei 1848–1983
249 Jürgen Reulecke, Geschichte der Urbanisierung in Deutschland
250 Peter Alter, Nationalismus
251 Margret Kraul, Das deutsche Gymnasium 1780–1980
252 Manfred Botzenhart, Reform, Restauration, Krise. Deutschland 1789–1848
253 Jens Flemming, Deutscher Konservatismus 1780–1980
254 Hans-Ulrich Wehler, Grundzüge der amerikanischen Außenpolitik 1750–1900

255 Heide Wunder, Bäuerliche Gesellschaft in Deutschland 1524–1789
256 Albert Wirz, Sklaverei und kapitalistisches Weltsystem
257 Helmut Berding, Antisemitismus in Deutschland 1870–1980
258 Konrad H. Jarausch, Deutsche Studenten 1800–1970
259 Josef Mooser, Arbeiterleben in Deutschland 1900–1970
260 Dietrich Staritz, Geschichte der DDR 1949–1984
261 Gilbert Ziebura, Weltwirtschaft und Weltpolitik 1922/24–1931
262 Ulrich Kluge, Die Deutsche Revolution 1918/1919
263 Horst Dippel, Die Amerikanische Revolution 1763–1787
264 Karl-Egon Lönne, Politischer Katholizismus
265 Volker R. Berghahn, Unternehmer und Politik in der Bundesrepublik
266 Wolfram Siemann, Die Revolution 1848/49 in Deutschland
267 Dietrich Thränhardt, Geschichte der Bundesrepublik 1949–1984
268 Peter Christian Witt, Die deutsche Inflation 1914–1924
269 Horst Möller, Deutsche Aufklärung 1740–1815
270 Gotthard Jasper, Von der Auflösung der Weimarer Republik zum NS-Regime
271 Klaus J. Bade, Europäischer Imperialismus im Vergleich
272 Dieter Grimm, Deutsche Verfassungsgeschichte 1803–1980
273 Hanna Schissler, Geschichte des preußischen Junkertums
274 Jürgen von Kruedener, Deutsche Finanzpolitik 1871–1980
275 Rüdiger vom Bruch, Deutsche Universitäten 1734–1980
276 Reinhard Sieder, Geschichte der Familie
277 Heinz-Günther Reif, Sozialgeschichte des deutschen Adels
278 Michael Mitterauer, Sozialgeschichte der Jugend
279 Hans-Christoph Schröder, Die Englische Revolution 1640–1688
280 Ernst Hinrichs, Die Französische Revolution 1789
281 Bernd Wunder, Geschichte der deutschen Bürokratie
282 Wolfgang Hardtwig, Vereinswesen in Deutschland 1780–1980
283 Hans-Peter Ullmann, Wirtschaftliche und politische Interessenverbände in Deutschland 1870–1980
284 Ute Frevert, Geschichte der deutschen Frauenbewegung
285 Hartmut Kaelble, Europäische Sozialgeschichte 1880–1980
286 Dieter Langewiesche, Deutscher Liberalismus
287 Klaus Schönhoven, Deutsche Gewerkschaften 1860–1980
288 Martin Greschat, Politischer Protestantismus

290 Octavio Paz, Zwiesprache
291 Franz Xaver Kroetz, Furcht und Hoffnung der BRD
292 Wolfgang Hildesheimer, The Jewishness of Mr. Bloom/ Das Jüdische an Mr. Bloom. Engl./Dt.
293 György Konrád, Antipolitik
294 Alexander Kluge, Neue Geschichten
295 Reto Hänny, Ruch
296 Atomkriegsfolgen. Der Bericht des »Office of Technology Assessment«
297 Peter Sloterdijks »Kritik der zynischen Vernunft«
298 Die Selbstbehauptung Europas. Hg. von Willy Brandt
299 Konrad Wünsche, Der Volksschullehrer Ludwig Wittgenstein
300 edition suhrkamp. Ein Lesebuch